D0338608

Ted Stanger

Un Américain en Picardie

Sacrés Français, le roman !

Gallimard

Cet ouvrage a été publié aux Éditions Michalon
sous le titre *Sacrés Français, le roman !*
Un Américain en Picardie.

Ted Stanger, journaliste et essayiste américain, vit à Paris depuis 1993. Directeur des bureaux de *Newsweek* successivement à Bonn, Rome, Jérusalem et Paris, il est l'auteur de *Sacrés Français ! Un Américain nous regarde* (Folio Documents n° 17), *Sacrés Américains ! Nous, les Yankees, on est comme ça* (Folio Documents n° 28) et tout récemment de *Sacrés fonctionnaires ! Un Américain face à notre bureaucratie.*

Un Américain en Picardie. Sacrés Français, le roman ! est son premier roman.

*Je remercie Constance Faivre d'Arcier,
Eva Gallard, Cornelia Ciudin
et Neïla Beyler.*

1

Il attacha sa ceinture.

Tandis que l'avion amorçait sa descente, Jonathan Bradley regardait le paysage aux abords de Roissy. C'était donc ça la France éternelle, chargée d'histoire, dont son cousin Chuck lui avait tant parlé.

Du brouillard et de la pluie.

Il ferma les yeux.

Il imaginait de silencieux villages ancestraux ramassés autour de leurs vieux clochers, de sinueux vignobles, de joyeux paysans lui proposant de goûter leurs spécialités fromagères, un paysage vallonné, où les campagnards menaient une vie sans anicroches, fidèles à la même maison, à la même femme, aux mêmes amis, et mourant en toute quiétude dans leur terroir. Un monde bien loin de son existence de cadre moyen américain, agitée par les multiples acquisitions de Honeywell.

Cette vision le rassurait, malgré la pluie battant le hublot.

Être parachuté quelque part pour sauver une entreprise en perdition n'est jamais chose facile ; mais cette fois-ci, Bradley était nettement plus dérouté que d'habitude : il changeait de pays. Ce n'était pas comme de passer du Texas à la Louisiane. En douze ans de métier au sein de la compagnie Honeywell & Thomas, Bradley avait été sollicité à cinq reprises pour aider de petites firmes à refaire surface après que M Honeywell les eut rachetées pour une bouchée de pain. Bradley était parvenu à les remettre sur les rails du profit, ou pas – dans ce cas elles étaient vendues à la découpe. Sans états d'âme.

Cette fois, Honeywell avait dit sans détour à Bradley : « J'ai une mission spéciale pour toi, fiston », après l'avoir invité à s'asseoir sur le canapé design italien de son bureau avec verrière surplombant Dallas du haut du vingt-sixième étage. Honeywell ne tournait jamais autour du pot.

C'était là qu'il avait été photographié pour un article de *Business Week* sur les nouveaux loups du monde de l'entreprise. Le magazine l'avait même qualifié de « redoutable tigre du Texas ».

Une fois assis, Bradley se vit confronté à un dilemme de la plus haute importance : devait-il croiser les jambes au péril d'apparaître trop décontracté ? Il décida de les garder droites, les pieds fermement enfoncés dans le tapis. Cette position lui donnait l'air plus sérieux.

« Nous avons mis la main sur une bonne affaire, poursuivit Honeywell. Il s'agit d'une petite usine. Une centaine d'employés. Assemblage d'installations pour salles de bains. C'est un bon filon si vous savez vous y prendre et si vous ne vous laissez pas

10

démonter par la concurrence asiatique, ce qui n'est pas donné à tout le monde. »

Les Asiatiques ! Bradley savait pertinemment ce que cela signifiait. En Amérique, les chefs d'entreprise parlaient des « chinetoques » comme les politiciens de Washington parlaient des « terroristes », ou des « communistes » vingt ans auparavant. Une menace mortelle, encore vague mais bien réelle, pour ceux qui n'avaient pas les dents assez longues.

Honeywell s'enfonça dans son fauteuil. Ses sourcils gris et broussailleux semblaient flotter au-dessus de son bureau. Bradley examina l'homme imposant aux épaules larges et au buste viril dont toute la physionomie inspirait le respect. Certaines personnes étaient-elles destinées à réussir et d'autres à échouer ? Bradley s'était posé cette question darwinienne plus d'une fois. Il avait du mal à imaginer Honeywell autrement qu'en patron conquérant...

Perdu dans ses pensées, Bradley se concentra sur ce que venait de dire Honeywell à l'instant :

« Je crois que nous pouvons faire quelque chose de cette entreprise et j'ai pensé à vous, vu votre parcours. Qu'est-ce que vous en dites, fiston ? Prêt à relever le défi ?

— Tout à fait prêt, monsieur le Directeur », répondit Bradley sans hésiter, bien qu'il ne sache pas vraiment à quoi s'attendre. Mais peu importait. Il travaillait chez Honeywell & Thomas depuis suffisamment longtemps pour être capable de faire la distinction entre une question et un ordre déguisé en question.

« Bien dit, fiston ! s'exclama Honeywell en se levant de son fauteuil. Bradley avait beau être quadra, son patron l'appelait toujours ainsi. Je savais que vous seriez notre homme pour cette mission. À présent, il ne me reste plus qu'à vous préciser que l'entreprise en question s'appelle Fabre Frères et qu'elle se situe près de Paris, donc vous allez devoir déménager. Bien entendu, nous vous donnerons un petit coup de pouce financier, comme d'habitude. Vous verrez tous les détails avec Juanita Perez. »

Bradley prit l'ascenseur pour retourner à son bureau du quatorzième étage. Il ne comprit rien au nom de l'entreprise que Honeywell avait prononcé à l'anglo-saxonne, *Fabray Friars*, ce qui voulait dire en anglais « les moines Fabre ». Bradley devait donc reprendre en main une entreprise monastique spécialisée en plomberie ? Bizarre.

Il était à la fois excité et inquiet. Comme toujours, Honeywell s'était montré plutôt avare en détails et tout le monde savait que chez « H&T », comme disaient les employés, le grand patron attendait de ses subalternes qu'ils fussent généreux en heures supplémentaires non rémunérées pour le bien de ses acquisitions. La raison en était que H&T ne fabriquait rien de palpable mais vivait du rachat et de la revente de sociétés dont la production était, quant à elle, concrète.

Mais pourquoi devait-il déménager à Paris ? Bradley n'avait pas osé demander, Honeywell considérant généralement les questions concrètes de ses employés comme un manque d'entrain pour la mission proposée. Après tout, la poussiéreuse ville de

Paris ne se trouvait qu'à environ cent cinquante kilomètres au nord de Dallas, non loin de la frontière de l'Oklahoma. Au Texas, cent cinquante kilomètres c'est de la gnognotte et Bradley pouvait continuer de vivre à Dallas sans aucune difficulté. D'ailleurs, il venait juste de s'acheter un meuble sur mesure pour sa chaîne hi-fi et c'était absolument intransportable.

Trois jours plus tard, Bradley avait rendez-vous pour un briefing stratégique avec Mlle Perez, l'assistante de Honeywell (et selon certaines sources, bien plus depuis le décès de Mme Honeywell, trois ans auparavant).

« Vous êtes prêt pour le grand départ ? » Elle portait des talons dangereusement hauts, une jupe beige, fendue au-dessus du genou, qui mettait ses fesses en valeur. Bradley s'efforçait de ne pas la reluquer. Il n'y avait que les femmes hispaniques pour déambuler dans le monde de l'entreprise américaine attifées de cette façon.

« Le grand départ ? » répliqua-t-il interloqué. Alors qu'elle contournait la table pour regagner son fauteuil, Bradley fut distrait par le bruit soyeux de la friction de ses collants, cuisse contre cuisse.

« Vivre en France, ce n'est pas rien, non ? » ajouta-t-elle.

Une mission en France !

Bradley n'avait plus qu'à espérer que sa confusion entre Paris-Texas et Paris-France n'arrivât pas jusqu'aux oreilles de Honeywell. Il prit soin de dissimuler sa surprise devant Mlle Perez, mais fit l'erreur de se confier à Max Munster, son collègue, qui s'empressa de diffuser la nouvelle un peu partout dans les étages de H&T. À partir de ce moment-là, sa vie devint un enfer. Chaque allée et venue à la machine à café ou à la fontaine d'eau était l'occasion pour ses collègues de le chambrer. Mais il ne pouvait pas en vouloir à Munster. Les deux hommes étaient restés amis après avoir partagé autrefois le même bureau, un an durant. Ils s'entendaient bien, peut-être parce qu'ils n'étaient pas rivaux : leurs carrières s'étaient croisées au onzième étage, mais allaient dorénavant dans des directions opposées. Celle de Bradley était en phase ascendante, celle de Munster périclitait malgré ses vingt ans de maison. Pourtant, lui qui avait atteint un temps le vingt-deuxième étage ne semblait pas s'inquiéter de sa dégringolade.

« J'ai presque la cinquantaine, une femme qui me supporte, deux enfants que j'aime bien, je rembourse mon emprunt sans trop de peine, alors pourquoi veux-tu que je m'embête avec ces histoires de promotions ? Moi, je fais mon boulot et je rentre à la maison à dix-sept heures et puis basta ! »

Parfois même avant dix-sept heures. Bradley n'arrivait pas à comprendre comment on pouvait se désintéresser comme ça de son entreprise. Quelques jours plus tôt, son collègue avait annoncé triomphalement qu'il avait fini son service. Il n'était que quinze heures !

« Si quelqu'un me cherche, dis que je suis à une réunion au douzième étage ou un truc comme ça, demanda-t-il à Bradley.

– Mais tu me rends complice de tes actes ! » s'offusqua Bradley, sans pour autant lui refuser le service. Il avait souvent couvert Munster jadis, et plus particulièrement quand ce spécialiste des fournitures décidait de faire une petite sieste digestive, recroquevillé sur le siège arrière de sa voiture, garée dans le parking réservé aux employés.

« C'est toi qui vois, mais moi j'ai eu ma dose de H&T pour aujourd'hui. En plus, j'ai promis à ma femme de tondre le gazon. J'ai un peu zappé le week-end dernier. » Après quoi, Munster laissait sa veste de costume écossaise sur le dossier de sa chaise de bureau, pour faire croire qu'il était encore dans le bâtiment, et il partait.

Bradley comprenait maintenant ce que Honeywell entendait par « parcours » pour cette mission à l'étranger.

Heureusement, il avait appris le français au lycée avec Miss Bennett, qui le considérait comme son meilleur élève – et ce n'était pas une mince affaire : aucun garçon n'étudiait cette langue aux États-Unis, à moins d'être gay ou hésitant sur son orientation sexuelle. Les douze autres élèves de la classe étaient des filles et constituaient ce qu'elles appelaient « le harem de Jonathan ». Miss Bennett trouvait ça déplacé.

Quand il entra à Baylor University, Bradley s'inscrivit à trois cours de littérature française, en cachette de ses copains de fac. Vers la fin du cours de français numéro trois cent sept, il poussa le vice jusqu'à s'acharner sur une vingtaine de pages de la version originale *d'Eugénie Grandet* de Balzac, une histoire lugubre sur la vie d'une jeune fille dévouée, séquestrée par son propre père. Bradley se souvenait surtout d'un passage où M. Grandet autorisait la bonne à faire un gâteau avec des ingrédients qu'il gardait sous clef dans un garde-manger, comme si le beurre et la farine valaient aussi cher que des titres au porteur. La France lui paraissait bien exotique.

Mais parler français ne rapportant pas un rond, Bradley avait aussi passé un diplôme en business. Il trouvait ses cours ennuyeux à souhait, ses professeurs tatillons et ses camarades, tous taillés dans le même moule, inintéressants. La plupart avaient des coupes de cheveux bien proprettes et leurs vêtements semblaient toujours sortir de chez le teinturier. Les tignasses longues et les pétards des intellos de l'UFR de langues romanes lui manquaient.

Une fois le diplôme en poche, il commença à travailler dans une PME du Nebraska, repartit au Texas au bout de cinq ans et entra chez Honeywell & Thomas, avec un bureau au quatrième étage. Pendant les douze années qui suivirent, il grimpa les échelons lentement, sans fanfare, pour atteindre enfin son bureau actuel au quatorzième étage. Son supérieur hiérarchique, M. McGlen, avait laissé entendre que si l'évaluation de fin d'année était concluante, Bradley pouvait espérer être muté dans un bureau d'angle au seizième étage, avec vue.

Mais ça, c'était avant que la France ne vienne sur le tapis.

« Si tu réussis là-bas, souligna Munster, tu peux compter sur un bureau au vingtième étage, peut-être même plus haut. Tout est possible. Je suis sûr qu'on te prépare un bel avenir. »

Dans le vacarme du terminal de Roissy, Bradley ne se sentait pas très ambitieux mais plutôt hyper-anxieux. Changer de lieu de travail suscite toujours une petite période d'adaptation. Au palmarès des situations stressantes, cela se situait entre le contrôle fiscal et le décès impromptu d'un ami qui vous doit beaucoup d'argent.

Il tomba tout de suite sur M. Fabre de Beauvais, l'ancien propriétaire de l'usine. Costume noir et cravate sombre, il se tenait un peu à l'écart de l'incessant flot cosmopolite que formaient les voyageurs. Il était muni d'une pancarte portant la mention « Bradley – USA ».

« C'est moi, Bradley.

– Bonjour monsieur. J'espère que votre vol a été agréable.

– Pas mal, merci. C'est vous, monsieur Beauvais ?

– *Fabre* de Beauvais. Non, il vous attend dehors, dans la voiture. Si vous voulez bien me suivre… »

Bradley comprit qu'il avait affaire à un simple employé.

Quelques instants plus tard, il fit enfin connaissance avec l'ancien propriétaire, un quinquagénaire petit et svelte, assis sur la banquette arrière d'une grande berline noire, d'une marque à chevrons que Bradley ne connaissait pas.

Il fut invité à prendre place à côté de Fabre de Beauvais, et le chauffeur chargea ses deux valises dans le coffre. Mais pour une raison qu'il ignorait, Bradley constata avec un certain embarras que le véhicule n'avançait pas d'un pouce. Le chauffeur semblait empêtré dans une altercation peu engageante avec deux policiers, indiquant furieusement un panneau « Stationnement interdit » planté juste devant la voiture. Fabre de Beauvais baissa sa vitre pour s'adresser aux deux agents.

Le ton véhément de l'homme d'affaires surprit grandement Bradley qui n'aurait jamais osé parler de cette façon à un policier aux États-Unis. L'idée de devoir payer une amende rebutait Fabre de Beauvais au plus haut point. Il avait beau être en tort, il se lança dans une diatribe sans merci à l'égard des deux fonctionnaires.

« Vous êtes en train de me dire que je n'ai pas le droit de stationner ici pour attendre un éminent client venu spécialement des États-Unis ! Non mais je rêve ! Alors écoutez-moi bien : *primo*, je n'ai jamais quitté ce véhicule, *secundo*, c'est grâce aux impôts que je paie que votre salaire tombe tous les mois et *tertio*, si vous m'empêchez de faire mon boulot, comment voulez-vous que je les paie, ces impôts ? ! »

Les deux policiers répliquèrent mollement, comme s'ils avaient à rougir d'appliquer la loi. Bradley regarda le large panneau stipulant que le stationnement ne devait pas excéder le temps de déchargement des bagages.

Finalement, les policiers rangèrent les carnets de contraventions dans leurs blousons « Police nationale » et se limitèrent à un avertissement verbal, histoire de sauver les apparences. La berline s'ébranla et Bradley vit disparaître le terminal.

Pendant le trajet, il peinait à trouver des sujets de conversation ; ils finirent par discuter de l'entreprise.

« Vous savez, cette usine était dans ma famille depuis cent vingt ans.

— Pourquoi avez-vous décidé de vendre ?

— J'ai choisi d'accepter la proposition de M. Honeywell car je voulais me concentrer sur les autres activités familiales. »

D'après le *brief* de Mlle Perez, Fabre de Beauvais avait vendu parce qu'il avait besoin d'argent pour honorer ses dettes et satisfaire sa capricieuse épouse. Fort de ces informations, Honeywell avait pu racheter l'entreprise au rabais – un peu moins de trois millions de dollars.

La conversation était laborieuse, même si Fabre de Beauvais parlait assez lentement – Bradley se rendit compte que le vocabulaire français dont il disposait était largement insuffisant. Il fut pris de panique. C'était la première fois qu'il était envoyé en mission à l'étranger et il se souvenait de son français comme un amputé de sa jambe.

Avant son départ, il s'était efforcé de lire la presse française sur Internet puisque aucun journal français n'était disponible à Dallas. Mais de ces lectures, il ne comprenait que bien peu de choses. Les Français semblaient résolument obsédés par des mots incompréhensibles et de préférence introuvables dans le dictionnaire : la directive Bolkenstein, quinzomadaire, la Velsatis folle, Endemol, Perben 2 et Vigipirate renforcé.

Il était tout de même parvenu à déchiffrer certaines informations : Bruce Willis avait visité la France et, selon un quotidien, « avait fait la bise » à un certain Johnny Hallyday. Bradley ignorait qui était ce dernier dont le nom ne lui semblait pas tout à fait français. Et puis faire la bise à un autre homme, cela voulait-il dire que Willis était devenu homosexuel ? Sinon, pourquoi un homme en embrasserait-il un autre ? De tels événements, si incongrus pour l'Amérique profonde, lui donnèrent l'impression de débarquer sur Mars.

Par ailleurs, il ne savait pas trop bien comment appeler son interlocuteur. Après « Monsieur de Beauvais », il opta pour « Monsieur Fabre », mais celui-ci le reprit, « Fabre *de Beauvais* », un peu froidement. L'Américain s'emmêla les pinceaux et laissa échapper un « Monsieur Beauvais de Fabre » auquel le Français ne daigna pas répondre. Au Texas, tout le monde l'aurait appelé « Fab » pour faire plus simple, mais Bradley n'osa pas. Ce Français était d'une rigidité !

« Connaissez-vous la France ? demanda enfin Fabre de Beauvais.

– En fait, c'est ma première visite, répondit Bradley. Mais j'ai un peu étudié le français à la fac, et puis mon cousin Chuck est venu ici pour sa lune de miel il y a trois ans. Il a divorcé, mais j'ai vu les photos de son séjour. »

Bradley crut saisir à son air dédaigneux que Fabre de Beauvais se contrefichait totalement de la lune de miel du cousin Chuck. Il changea donc de registre.

« Et puis, comme beaucoup d'Américains, j'ai vu *Le Fabuleux Destin d'Amélie Poulain.* Ce n'était pas mal, cela m'a permis de me faire une idée. Et vous, vous l'avez vu ? »

Le visage de son interlocuteur se crispa et cette tentative de conversation échoua aussi. Décidément, l'entretien était tendu.

Encore une dizaine de minutes de route, et Fabre de Beauvais retrouva sa langue.

« Si vous permettez, jeune homme, je voudrais vous donner un conseil dans vos relations avec le personnel de Fabre Frères…

— Oui, bien sûr.

— Ne vous laissez pas faire ! Surtout, pas de concessions. Si jamais vous cédez, ils ne vous laisseront jamais tranquille. Ils n'ont que deux mots dans leur vocabulaire : "toujours" et "plus". Vous me comprenez ?

— Oui, je crois… »

La voiture arriva à Anizy, et Fabre de Beauvais se tourna vers Bradley une dernière fois.

« Dites-moi. Savez-vous ce qu'est le code du travail ? des RTT ? avez-vous entendu parler de l'Urssaf ?

— Non, répondit Bradley, et il pensa : Miss Bennett ne m'a jamais appris ces mots-là. »

2

Ils arrivèrent à Anizy au même moment qu'un grand panneau destiné à remplacer l'ancien, marqué « Fabre Frères ». Bradley sortit de la voiture pour regarder le spectacle, et constata qu'un groupe de gens, pour la plupart des employés et quelques riverains, s'était formé. La grue du camion de livraison tenait le panneau métallique en l'air, tandis qu'un ouvrier sur le toit le guidait. Fabre de Beauvais supervisa l'opération d'en bas, comme s'il était encore le propriétaire des lieux. Il fit venir un deuxième ouvrier sur le toit pour aider à installer l'enseigne. Au bout de cinq minutes, le nouveau panneau était en place : « Fabre Frères – Honeywell & Thomas Group ».

Sans espérer une *standing ovation*, Bradley s'attendait quand même à quelques applaudissements émus, puisque après tout l'usine commençait un nouveau chapitre de son existence. Mais rien. Pas un regard, pas un geste. La foule pétrifiée fixait le panneau dans le plus grand silence, comme pour un enterrement, et se dispersa quand il fut installé.

Il scruta les visages, essaya de comprendre qui étaient ces gens. Difficile à dire : ils auraient aussi bien pu être chinois tant leur mine impassible ne laissait rien filtrer.

L'usine surprit Bradley tellement elle semblait sortir d'un autre âge : une série d'immeubles en brique (comme le reste d'Anizy), bâtis à différentes époques et groupés autour d'une cour centrale, qui servait de parking. L'emplacement des ateliers était très peu fonctionnel. Comme c'est curieux cette idée d'une usine construite autour d'une cour intérieure. Sur le trajet, il avait remarqué des fermes construites sur le même principe, comme si les gens craignaient une invasion de hordes barbares. Il ne manquait plus que les douves et les ponts-levis – la Vieille Europe, pensa-t-il.

De toute façon, il n'y aurait aucun budget travaux pour aménager l'usine et accroître ses performances. Honeywell ne voulait absolument pas d'investissements lourds dans cette entreprise, Mlle Perez le lui avait fait comprendre au cours d'une de leurs séances stratégiques.

« On veut des résultats, avec des réductions de budget, M. Bradley, avait-elle dit. Vous n'avez aucun budget dépenses. L'idée, c'est de transformer cette entreprise en source de profits et on verra après quelle sera notre stratégie… »

Bradley avait pigé au quart de tour : sa tâche était de réduire les coûts de production et de rendre l'usine plus intéressante pour qu'elle soit revendue, dans six mois, deux ans au maximum. Tout dépendait de comment les choses allaient se passer. S'il pouvait améliorer rapidement le tableau des profits, il rentrerait à Dallas et s'assurerait le grand bureau dans l'angle pour l'année suivante. Sinon, on pourrait « le pousser dans la cage d'ascenseur », la métaphore de H&T pour désigner une mise au placard dans l'un des étages du bas avec vue directe sur le parking.

« Mister Bradley, can you come with me, please ? I want to introduce you », lui dit Fabre de Beauvais. Pourquoi diable n'avait-il pas dit un mot en anglais pendant le trajet en voiture ? Accompagné de l'ancien propriétaire, Bradley entra pour la première fois dans l'usine par une porte vitrée marquée « Direction ».

À l'intérieur, il y avait un couloir sinistre et des bureaux de part et d'autre. La peinture, couleur moutarde à l'ancienne, semblait dater de la Première Guerre mondiale. Un gros morceau s'était à moitié détaché du plafond, et tremblait légèrement lorsqu'on marchait dessous, menaçant de tomber sur les têtes à tout moment. Le contraste était saisissant avec les bureaux lumineux et joyeux de Honeywell & Thomas, aux étagères encombrées d'éditions limitées de lithographies de Ray Van Nerr ou d'autres grands noms du monde de l'art texan.

Dans le premier bureau où Fabre de Beauvais l'emmena, un homme, la cinquantaine bien entamée, attendait d'être présenté. Il avait l'air d'un vieux panda, les yeux cernés et le corps grassouillet.

« Voici Jean-Marc Paul, l'ingénieur de l'entreprise. Il est avec nous depuis… combien d'années déjà ?

– Cela fait trente-six ans, monsieur. Je suis arrivé l'année où vous avez été recalé pour la deuxième fois au bac. C'est monsieur votre père qui m'avait engagé, et ma première tâche a été de vous aider en maths pour la séance de rattrapage… »

Fabre de Beauvais lui coupa la parole un peu sèchement.

« Merci, Jean-Marc. Je crois qu'on vous a assez dérangé. »

Il emmena Bradley dans une autre pièce : un vieux bureau en bois d'un côté, une longue table entourée de chaises de l'autre et des tas de fenêtres donnant sur l'atelier. Contre le mur était posée une vitrine en verre exposant plusieurs modèles de robinets, parfois très anciens. Il y avait la photo d'un grand paquebot transatlantique, le *Normandie*, et de trois hôtels luxueux, un à Londres, deux en Suisse – probablement un mini-musée de la production de Fabre Frères.

Cette pièce avait l'air aussi peu visitée qu'une catacombe. Il se sentit comme Harold Evans, le premier archéologue à avoir remué des siècles de poussières accumulées dans la tombe du roi Toutankhamon.

Il se focalisa surtout sur la salle des machines. Il était dix heures passées, pourtant il n'y détectait aucun signe d'activité industrielle. Quelques employés en bleu de travail se promenaient nonchalamment entre les rangées de machines. Il pouvait même distinguer un homme en train de lire un magazine ! Munster se serait senti à l'aise ici, se dit Bradley.

« *Mister Bradley ?* » C'était encore Fabre de Beauvais.

« Je vous présente madame Aurélie Verdier, qui s'occupe de la comptabilité.

– Entre autres…, répondit la jeune femme qui s'avança pour saluer Bradley. On m'appelle Aurélie. Je m'occupe aussi de faire du café de temps en temps. Vous en voulez peut-être ? »

Désarmé par cette arrivée incongrue, Bradley bredouilla une réponse dans un charabia incompréhensible. Cette fille ne cadrait pas avec le décor : dans l'atmosphère rétro qui régnait là, il se serait attendu à une employée désuète ; une quinqua à chignon, ou un personnage à la Eugénie Grandet. Mais Aurélie n'avait pas ce profil : cheveux courts auburn, les yeux gris-vert, les sourcils épais et bien dessinés, la peau pâle et piquée de taches de rousseur. Sous les yeux, quelques ridules : elle devait avoir la trentaine, trente-cinq peut-être. Elle portait une robe sombre et bon marché qui épousait parfaitement ses formes. Bradley l'imagina trente secondes en maillot de bain. Elle avait une cigarette à la main, sans complexe. Au Texas, allumer une cigarette dans l'enceinte d'un bureau cassait une carrière. Cette désinvolture le laissa songeur.

« C'est oui ?… pour le café ? »

La passation de pouvoir de Fabre de Beauvais s'acheva avec la pause-café. L'ancien propriétaire s'éclipsa et Bradley regagna son nouveau bureau.

« Que diriez-vous d'une petite visite guidée des lieux ? » suggéra M. Paul.

Ils descendirent les escaliers menant à l'atelier. À peine avait-il posé le pied sur le sol qu'un groupe de trois ouvriers surgirent ; ils guettaient apparemment l'arrivée du nouveau patron. L'un d'entre eux avait un bloc-notes à la main.

M. Paul commença à faire les présentations pendant que Bradley serrait la main des trois hommes. C'était une confrontation très solennelle, comme un duel aux premières lueurs du jour — personne ne souriait.

« Monsieur Delaneau est le représentant de la Confédération générale du travail, qui est majoritaire ici », déclara M. Paul. Mlle Perez avait déjà prévenu Bradley que le personnel de Fabre Frères était syndiqué, il n'y avait donc jusque-là rien de bien surprenant.

Delaneau, l'homme au bloc-notes, se tenait au milieu des deux autres. Il fit un pas en avant, comme un élève à qui l'on demande de réciter un poème. C'était un homme trapu, d'une quarantaine d'années, avec une barbe de trois jours. Il avait les yeux perçants, couleur gris-bleu ; Bradley eut l'impression d'être balayé par des rayons X de la tête aux pieds. Sa veste entrouverte laissait deviner un bleu de travail, il avait un bonnet sur la tête, même si le temps ne l'exigeait pas.

« Monsieur Bradley, j'aimerais vous souhaiter la bienvenue parmi nous à Fabre Frères, au nom de tous nos employés syndiqués, et de tous les employés tout court, bien entendu », dit Delaneau. Son ton n'était pas particulièrement chaleureux, mais peut-être se souciait-il de ne rien oublier.

« Nous espérons entretenir avec vous une relation des plus fructueuses, même si nous désapprouvons totalement et définitivement la politique expansionniste de Washington. Mais s'il le faut, et cela dans l'intérêt du personnel de Fabre Frères, nous sommes prêts à reprendre les discussions à partir du compromis de septembre dernier, ce qui offre déjà une base prometteuse pour... »

Delaneau poursuivit pendant quelques bonnes minutes tout en lisant ses notes, mais l'esprit de Bradley s'arrêta sur « la politique expansionniste de Washington ». Delaneau lui aurait débité l'inventaire des différentes positions du *Kama-sutra* ou cité une recette de lasagnes *al forno*, Bradley n'aurait pas été plus surpris. En fait, il n'était même pas certain d'avoir bien entendu. Mais qu'est-ce que le gouvernement des États-Unis avait à voir avec la fabrication de robinets pour salle de bains ?

Chaque fois qu'il trébuchait sur un mot, Delaneau reprenait sa phrase depuis le début, ou consultait son bloc-notes, si bien que cette petite cérémonie se prolongea pendant dix à douze minutes, suivie des commentaires contradictoires de chacun des deux autres représentants syndicaux minoritaires, la CFDT et la CGC, tout aussi critique de la Maison Blanche. Bradley eut l'impression d'être traîné devant le Tribunal pénal international de La Haye. On lui reprocha la guerre en Irak et les monstruosités de Guantanamo. Deux des trois syndicalistes revendiquèrent la taxe Tobin (Bradley avait vaguement lu quelque chose à ce sujet, mais il ne se souvenait pas exactement de quoi il s'agissait). Le représentant de la CGC refusa catégoriquement de prendre position sur ce sujet quelque peu épineux, mais il ajouta tout de même une remarque « à titre personnel » à propos des subventions indirectes du Pentagone à Boeing. Tous les trois se mirent d'accord pour insister sur le fait que le lundi de Pentecôte devait à tout prix rester férié (Bradley devait absolument se renseigner sur la signification de ce terme « Pentecôte »), mais ils se disputèrent – pas pour la première fois supputa Bradley – à propos des délocalisations. M. Paul et lui-même écoutaient en silence.

Mlle Perez avait oublié de mentionner dans son rapport l'existence non pas d'un, mais de *trois* syndicats défendant des points de vue divergents. Bradley avait eu affaire à des représentants syndicaux aux États-Unis, mais plus d'un syndicat par usine, c'était du jamais vu ! Les choses se compliquaient…

« En fait, il y a un quatrième syndicat… fit remarquer M. Paul, à la fin de la petite conférence officieuse, … mais il se trouve que son représentant est en congé aujourd'hui. Il tenait à vous présenter ses excuses.

– Ce n'est pas grave, répondit Bradley, compréhensif.

– En tout cas, vous avez rencontré Jojo, et c'est le plus important. Si lui donne le feu vert, vous êtes bon.

– Jojo ?

– Oui, Georges Delaneau. Tout le monde l'appelle Jojo. »

M. Paul reprit la visite. Il laissa aux ouvriers le soin d'expliquer leur travail et le fonctionnement des machines, tourneurs, outilleurs, fondeurs, électrolyses. Bradley nota d'emblée que le personnel ne semblait pas accablé de travail ; en fait, *personne* n'avait l'air débordé. Il repéra même certains ouvriers en pleine conversation alors qu'ils étaient aux commandes des machines.

La visite de l'atelier sentait la mise en scène. Devant la grande scie rotative, derrière laquelle Bradley aperçut une sorte de nid douillet avec un vieux divan et un petit frigo, ainsi que quelques magazines de courses hippiques, trois hommes s'affairaient plus ou moins. L'un d'eux n'avait rien trouvé de mieux que d'astiquer la machine histoire de lui donner du lustre. Bradley s'éloigna de quelques pas mais jeta un coup d'œil discret du côté de la scie : les trois gars s'étaient empressés de retourner sur le divan. Tranquillement affalés, ils bouquinaient, la bouteille à portée de main.

« Est-ce que les employés doivent respecter certains quotas de production ici ? demanda Bradley à M. Paul qui ne semblait pour rien au monde perturbé par le *farniente* ambiant.

— Oui, bien entendu, ils sont fixés avec les syndicats, notamment avec Jojo. Ils travaillent selon un système de quotas hebdomadaires ou mensuels, mais je vous expliquerai tout cela un peu plus tard si vous le voulez bien. »

Bradley voyait mal comment une si petite entreprise telle que Fabre Frères pouvait fonctionner sur des quotas mensuels, mais il arrêta de poser des questions : il y avait déjà suffisamment d'informations à digérer pour un premier contact.

Ils discutèrent avec un homme très aimable, en sandales et chaussettes, chargé de réparer une perceuse qui selon lui n'avait jamais fonctionné correctement. Puis M. Paul proposa de faire un petit tour du côté du service des expéditions, d'où partaient les produits finis à destination de la clientèle.

« On passe un petit coup de fil pour prévenir, monsieur Paul ? demanda l'ouvrier en sandales.

– Ah oui, c'est vrai. Merci.

– Mais pourquoi faudrait-il téléphoner ? demanda Bradley, intrigué.

– Juste à titre préventif », répondit-il, sibyllin.

Lorsqu'ils arrivèrent sur place, Bradley comprit tout l'intérêt du coup de fil. Deux employés assuraient le service, un homme et une femme, qui semblaient visiblement très bien s'entendre, à en juger par deux ou trois effets personnels éparpillés dans la pièce : une chaussure d'homme oubliée à côté d'un bureau, et un soutien-gorge jeté sur une chaise.

« Voici Marie-Claire et Jean, son assistant. »

Marie-Claire, une quadragénaire aux joues roses, poussa le soutien-gorge d'une pichenette, quelque part derrière le bureau. Puis, elle prit la parole en tant que chef de service et se lança dans une description du circuit des expéditions. Son jeune assistant, les cheveux verts et les pointes orange, s'éclaircit la voix, les yeux rivés au plafond, mais pas gêné pour un sou. Il entreprit de lacer sa chaussure avant de se lancer à la recherche de l'autre.

31

« Elle est juste là… par là », dit M. Paul, indiquant d'un geste discret la chaussure partie en vadrouille.

Bradley finit par se demander si la rencontre avec les délégués syndicaux, en dépit de ses dérives géopolitiques, n'avait pas été le moment le plus concret de cette hallucinante visite.

L'excursion touchait à sa fin. Bradley eut droit à une dernière vision : un fantôme se dressait à l'extérieur de l'usine, à travers une vitre aux bords métalliques — un individu avec une grande barbe blanche, les bras croisés, se tenait là, immobile, et semblait scruter l'activité de l'atelier. Et puis hop, il disparut plus vite que son ombre.

Bradley eut le temps de noter qu'il n'était pas habillé comme les autres salariés.

Il venait de croiser Robinson Crusoé, émergeant de son naufrage, en plein milieu de la Picardie.

3

L'hôtel où logeait Bradley était un peu miteux. Mais pas question d'en changer : il n'y en avait pas d'autres. Le lit était équipé d'un oreiller en forme de saucisson qui le gênait considérablement. Malgré ses nombreuses tentatives, Bradley n'arriva pas à s'en accommoder et ne ferma pas l'œil de la nuit. Le lendemain, quand il demanda un oreiller classique à la femme de chambre, celle-ci gloussa avant de disparaître, intimidée. Il devait trouver un vrai appartement. Et vite.

Bradley était arrivé depuis une semaine, mais il n'avait pas encore eu le temps de découvrir la ville. Il passait des heures dans son bureau, d'abord pour l'arranger à sa manière, puis pour mettre ses papiers en ordre, enfin pour installer la connexion Internet avec Dallas. Il avait des milliers de choses à faire, et pas l'ombre d'une secrétaire pour l'aider. Il avait bien tenté de demander à Aurélie de remplir cette fonction, mais la comptable l'avait envoyé sur les roses.

« C'est une plaisanterie ou quoi ? C'est plutôt moi qui devrais demander une secrétaire ! »

Il comprit vite que le café était une faveur qu'Aurélie réservait à Fabre de Beauvais uniquement. Il n'y eut pas droit pendant le reste de la semaine. Idem pour la robe longue du premier jour. Le deuxième, Aurélie était arrivée au bureau en jeans, et les jours suivants vêtue de divers accoutrements qui n'auraient été tolérés chez H&T que le vendredi, *Casual Friday*, jour de relâche. Sauf la mini-jupe écrue qu'elle avait choisi de porter le quatrième jour et qui dépassait les bornes : même Mlle Perez n'aurait jamais osé porter vêtement si provocant. Mais personne à l'usine ne semblait y prêter attention.

Et par-dessus tout, cette femme n'avait aucun sens de la hiérarchie, aucun respect pour son nouveau patron. Un jour il entra dans son bureau, situé en face de celui de monsieur Paul, pour lui poser une question et la trouva au téléphone. C'était à l'évidence un coup de fil personnel, ce qu'elle ne chercha même pas à dissimuler. Elle ne fit pas mine non plus d'abréger sa conversation. Au contraire, elle lui jeta un regard foudroyant comme pour dire : « Vous ne voyez pas que je suis occupée ? » Il attendit environ trente secondes avant de retourner dans son propre bureau. Était-il bien le *boss* oui ou non ? Il commençait à en douter.

Peu après, ils se croisèrent dans le couloir. Il lui fit part de sa recherche d'appartement, espérant qu'elle proposerait tout naturellement son aide. Elle se contenta de lui donner le nom d'un agent immobilier.

« Je suis désolé mais je ne connais pas Anizy, je suis toujours à l'hôtel et assez pressé de trouver un appartement, osa-t-il lancer. C'était un appel à l'aide aussi grand que l'Everest.

— Ne vous inquiétez pas, répondit Aurélie sans relever la perche qu'il lui tendait maladroitement. La ville *vous* connaît déjà. Dans un bled aussi paumé, vous pouvez être sûr que tout le monde parle de vous. Il n'y a pas beaucoup d'Américains qui viennent en Picardie, et encore moins comme nouveau patron de Fabre Frères, le plus gros employeur de la ville, après la fonction publique bien entendu.

— Vous parlez de la ville comme si vous y étiez étrangère vous aussi, fit remarquer Bradley.

— C'est le cas. Son visage se creusa de fossettes. Je suis née et j'ai grandi près d'ici, mais j'habite à Paris maintenant, et je fais le trajet tous les jours. C'est seulement à une heure en voiture. Je ne supporterais pas de vivre dans une petite ville où les gens n'ont rien de mieux à faire que de cancaner. Je préfère dépenser de l'argent en essence. C'est le prix de ma liberté ! »

Son ton était péremptoire, comme si vivre à l'extérieur de Paris était une punition pire que la mort.

Quand il avait le temps, Bradley travaillait son français et apprenait de nouveaux mots avec application. Un petit radio-réveil l'arrachait de son sommeil tous les matins au son strident des flashs de France Info. Plus efficace que la caféine ! Le pays semblait à feu et à sang : grèves, grogne, revendications, montée de la délinquance juvénile, notamment dans les banlieues. Presque toutes les nuits, des jeunes faisaient flamber des voitures, se battaient avec la police et jetaient des cailloux sur les bus qui passaient par là. Apparemment, ils lapidaient aussi les pompiers appelés d'urgence sur les lieux. Un sociologue parisien affirmait que la France était en voie d'« américanisation ».

L'américanisation ? Voilà autre chose.

Un matin, il entendit un correspondant régional de France Info expliquer d'un ton inquiet que des antiquaires américains se ruaient sur les armoires que les jeunes Françaises recevaient autrefois en dot, au point que l'espèce était menacée. Le reporter radio incitait ses concitoyens à « protéger » ce patrimoine (qui coûtait entre trois et six mille euros pièce), « avant qu'il ne disparaisse en Amérique du Nord ».

Vendredi soir, Munster l'appela de Dallas. Compte tenu des sept heures de décalage horaire, Bradley en déduisit que son ancien collègue de bureau devait être en pleine phase d'ennui et cherchait à tuer le temps avant de rentrer chez lui.

« Comment ça va ?

— Pas trop mal. La situation ici est complètement différente de tout ce que tu pourrais imaginer aux États-Unis. Je ne suis pas sûr que Honeywell se rende bien compte.

— C'est pour ça que tu as été muté : pour que Honeywell n'ait pas à se poser de questions. S'il s'en pose, tu es bon pour faire la queue à la guillotine, il paraît qu'y en a plein chez vous. Bradley reconnaissait bien là l'humour sarcastique de Munster.

– Je ne pense pas qu'elles servent encore », répondit Bradley. Mais il sentit comme une vague de nostalgie monter en lui quand Munster lui raconta les derniers ragots de la tour H&T. Rien de sensationnel pourtant : une secrétaire du service des ressources humaines était enceinte, quelqu'un au vingtième étage était soupçonné d'en être le père. Une nouvelle recrue en provenance de Virginie avait pris la place de Bradley. L'héliport personnel de Honeywell sur le toit de la tour H&T avait été condamné par les inspecteurs de la ville après la découverte de fissures. Et les nouvelles de Munster lui-même : il avait réalisé un quatre-vingt-quinze au golf le dimanche d'avant.

« J'ai eu de la chance », dit-il.

Bradley commençait à se dire que lui n'en avait pas.

Samedi matin, il décida d'aller explorer le centre-ville avant de se rendre chez l'agent immobilier. Le temps était lourd et gris, l'orage était en vue. Alors qu'il franchissait la porte du marchand de journaux, les clients, groupés autour de la caisse en grande discussion, se turent soudain. Il eut l'impression qu'on le détaillait de haut en bas, comme un poisson d'aquarium. Ils voyaient donc si peu d'Américains dans ce pays ? Peut-être Aurélie avait-elle eu raison en disant qu'à Anizy personne n'ignorait sa présence.

Il se mit en quête d'une publication anglaise, en vain. Le silence de mort régnait toujours et commençait à l'angoisser. Attendaient-ils de voir

37

quel genre de magazine il prendrait ? Il en piocha un au hasard avant de constater qu'il s'agissait d'une revue pornographique. Bradley la remit en place comme si elle lui avait brûlé les doigts. Derrière lui, il entendit un petit rire. Il sentait la demi-douzaine d'yeux suivre ses moindres faits et gestes.

« On peut vous conseiller, monsieur ? » demanda le propriétaire. Bradley décela une nuance d'ironie dans sa voix. Une cliente laissa échapper un gloussement. Visiblement, tout le monde attendait qu'il fasse son choix. Il fallait en finir, et vite. Afin de s'éloigner rapidement du rayon porno, Bradley pivota à cent quatre-vingts degrés et prit sans réfléchir quelque chose de coloré. Il le tendit au propriétaire, un grand chauve – tout le monde le regardait.

« Vous préférez la laine au cuir finalement ? » dit celui-ci, moqueur. Les autres éclatèrent de rire. Le magazine qu'il avait choisi s'appelait *Tricot Prestige*.

Damn !

« En fait, c'est pour ma mère… », répondit Bradley fébrilement. Sa mère, qui achetait tout en polyester fabriqué en Asie, n'avait jamais tricoté de sa vie. Quant à lire en français…

« Bien sûr… Elle a de la chance : avoir un fils si dévoué. »

Devant la rangée de sourires goguenards, Bradley n'avait qu'une seule idée : quitter ce lieu. Comme le général Custer devant Sitting Bull, il était cerné.

Un peu plus loin, sur le trottoir d'en face, Bradley entra dans un Petit Casino acheter des lames de rasoir — le sien, électrique, ne fonctionnait pas sur des prises de deux cent vingt volts. Le supermarché était bondé ; à l'entrée, quelques voitures étaient garées en double file. Dans la queue, à la caisse, Bradley assista, interloqué, à un resquillage en règle : un client, puis un deuxième, lui passa devant. Le second se retourna pour lui dire : « Désolé, je suis un peu pressé. »

Derrière lui, une femme poussant son chariot rempli de bouteilles de vin le bouscula et heurta violemment sa cheville. Bradley la regarda furibond, mais elle ne s'excusa pas.

Pantois, Bradley tendit un billet de dix euros à la caissière. Elle lui rendit la monnaie et il glissa les pièces dans sa poche, mais quand il voulut prendre ses rasoirs, il s'aperçut qu'ils avaient disparu du tapis roulant. Le client précédent, qui filait à présent au volant de sa voiture, avait dû les embarquer par inadvertance.

« On m'a pris mes rasoirs ! s'exclama-t-il.

— C'est pas ma faute, rétorqua la caissière, comme si Bradley l'avait accusée d'homicide volontaire. Une fois que le produit est passé par le scanner, ça ne me regarde plus. »

Comme pour marquer que l'affaire était classée, elle claqua bruyamment le tiroir de la caisse et commença à faire défiler les bouteilles de la cliente suivante.

Bradley resta figé, désemparé, les mains vides, sans rasoirs.

« Il faut que j'en rachète… ?

– Les règles sont les mêmes pour tous ici, même pour les patrons. Tout le monde est traité de la même manière », répondit-elle, aimable.

Bradley hésitait. Devait-il retourner à l'intérieur du magasin pour acheter de nouveaux rasoirs ? La cliente suivante le poussa d'un coup de coude pour charger ses bouteilles de vin dans son sac. Un peu désorienté, Bradley sortit du magasin, perdu.

Aurélie avait donc raison : tout le monde dans le village savait très bien qui il était. Peut-être à cause de l'article paru il y a quelques jours dans le *Républicain picard*, qui menait l'enquête sur le rachat de Fabre Frères par H&T, « la multinationale du Texas », selon les termes du journaliste ? Le dernier paragraphe faisait allusion à Bradley sans pour autant mentionner son nom : « Les employés craignent que l'arrivée d'un manager américain connu pour être un dégraisseur professionnel ne déclenche une vague de licenciements. »

Ainsi, il n'était qu'un dégraisseur, perçu comme tel, sans nuance ? Avec un accueil comme celui-là, pas étonnant que les habitants d'Anizy le regardent de travers. Bradley se demandait qui pouvaient bien être ces employés inquiets de perdre leur emploi et dont le témoignage figurait dans l'article.

Il se souvint de la réflexion d'Aurélie : c'était un cauchemar d'habiter en dehors de Paris. On n'entendrait jamais un Américain dire qu'il est impossible de vivre ailleurs qu'à New York, surtout au vu des prix de l'immobilier là-bas ! Mais la France semblait en guerre contre elle-même, et il se trouvait pris dans les tirs. La façon dont Fabre de

Beauvais avait répondu à l'agent de police à l'aéroport, l'allusion sarcastique de M. Paul aux déficiences scolaires de son ex-employeur et la petite confrontation avec les représentants syndicaux : tout lui laissait penser que sous des apparences paisibles, la France était une cocotte-minute.

Il se baladait dans une rue bordée de maisons et s'aperçut que deux ménagères, accoudées à la fenêtre du premier étage, étaient en train de le surveiller. Quand il les regarda, elles se retirèrent à l'intérieur, en claquant les volets. Trois maisons plus loin, une autre fit pareil. Il avait l'impression que les stores s'abaissaient et que les volets se fermaient sur son passage, comme devant Al Capone lourdement armé.

Dans le centre, entre le monument aux morts et la Caisse d'épargne, ça fourmillait de partout en ce jour de marché. Il ralentit le pas pour profiter de son jour de repos. Les nuages avaient filé, laissant place au soleil. Partout, il constata aussi une certaine indiscipline. Les piétons traversaient n'importe où, les voitures attendaient rarement que les deux seuls feux du village passent au vert pour démarrer, quant aux deux-roues… Alors qu'il traversait sur un passage clouté, Bradley manqua de peu d'être renversé, et à sa grande surprise c'est le motard fautif qui, en passant, lui lança un sonore : « Pédé, va ! »

Bradley ne prit pas la chose personnellement et comprit que l'insulte n'était que l'expression d'un dédain plus général envers les piétons, mais tout de même…

« Ne vous inquiétez pas ! » dit alors une voix derrière lui. Il se retourna. C'était un employé de chez Fabre Frères qu'il avait rencontré quelques jours auparavant, celui qui portait des sandales.

« Je suis désolé mais je ne me souviens plus de votre nom, hésita Bradley.

— Vous ne pouvez pas vous souvenir du nom de tout le monde du premier coup. Moi c'est Gérard, Jean-Pierre Gérard. Je réparais cette foutue perceuse quand vous êtes passé faire le tour du propriétaire. Vous vous souvenez ? Enfin bref, je voulais juste vous dire de ne pas faire attention aux motards. Ils n'aiment pas s'arrêter pour laisser passer les piétons, mais ils n'aiment pas les renverser non plus, ça augmente leur cotisation d'assurance. Pas de danger donc. »

Bradley rit jaune. Gérard continua son chemin. Il portait des chaussures de ville en cuir noir. Étrange ! Des souliers pour le week-end et des sandales pour le travail. Il fallait qu'il raconte ça à Munster la prochaine fois.

Il était bientôt onze heures et le marché était noir de monde. Bradley flânait au milieu des étals de saucisses, de pains de toutes sortes, de miel, de fleurs, de jambons, de fromages. Une famille de Vietnamiens vendait des légumes qui paraissaient bien plus frais et naturels que ceux qu'on pouvait voir dans les supermarchés de Dallas, où tout était sous plastique. Il regarda avec attention une pile de feuilles vertes, se demandant ce que ça pouvait bien être avant de lire sur l'écriteau le mot « épinards ». Mais il avait du mal à faire le rapprochement avec les pavés verts congelés qu'il achetait occasionnellement aux États-Unis. Au Texas, Bradley dînait soit au restaurant soit chez lui avec les plats cuisinés surgelés qu'il achetait lors de ses courses hebdomadaires. À en croire les paniers remplis de produits frais, les habitants d'Anizy avaient peu de place dans leur cuisine pour les surgelés. Bradley fut tenté de faire cette expérience – celle des légumes frais –, maintenant qu'il était en France, sous réserve bien sûr qu'il trouvât le temps de les cuisiner.

Devant lui, un homme venait tout juste de payer ses champignons et se retourna. C'était Jojo Delaneau, le représentant syndical de l'usine. Pas vraiment le genre d'individu que Bradley avait envie de croiser le week-end. Mais contre toute attente, Delaneau, le bonnet en tricot toujours vissé sur la tête, paraissait ravi de le voir. Allait-il remettre l'épineux sujet de l'hégémonie américaine sur le tapis ? Ils échangèrent quelques courtoises banalités puis Delaneau regarda Bradley droit dans les yeux.

« Maintenant qu'on a un Américain vrai de vrai à Anizy, je vous poserais bien une petite question… », dit l'ouvrier.

Bradley pria pour que ce ne fût pas le pénible point de départ d'une longue polémique sur l'Irak.

« Selon vous, est-ce que Sherman était vraiment obligé de brûler Atlanta ?

– Pardon ?

– Le général Sherman… c'était vraiment la peine de mettre le feu à la ville d'Atlanta ? Ce que je veux dire, c'est que les forces de l'Union s'étaient déjà emparées de cette partie de la Géorgie. »

43

Bradley, perplexe, comprit enfin que ce représentant d'un syndicat communiste était en train de l'entretenir de la guerre de Sécession, au beau milieu de ce minuscule marché de la France profonde. Peut-être s'agissait-il d'un piège élaboré par l'ouvrier pour discréditer son patron ? Bradley regarda autour de lui, histoire de s'assurer que personne ne filmait la scène. Ferait-il demain la une de la presse locale : « Le cow-boy fraîchement débarqué du Texas est inculte et ne connaît pas l'histoire de son propre pays. » Mais la paranoïa de Bradley se dissipa quand il réalisa que Delaneau attendait patiemment sa réponse, indubitablement sincère.

« La guerre de Sécession… Vous vous intéressez à la guerre de Sécession ? demanda Bradley, un peu gêné.

— Depuis que j'ai douze ans, quand j'ai découvert Bruce Catton. Vous avez lu ses bouquins ? Et Shelby Foote, vous l'avez lu ? »

Bradley n'en avait lu aucun, mais en avait entendu parler. Comme beaucoup d'Américains, ses connaissances sur le sujet remontaient au lycée et le cours n'avait duré qu'un mois ou deux, grand maximum. Pour Delaneau il s'agissait manifestement d'un passe-temps.

« Certains des livres de Catton sont traduits, mais pas tous. J'ai dû apprendre l'anglais. Ça m'a permis de lire *A Stillness at Appomattox*. C'était il y a plus de quinze ans. Si vous voulez tout savoir, mon objectif est de traduire ce bouquin en français un jour… Rien que par admiration, parce que je peux vous dire que c'est bien la dernière chose que les Français liraient ! »

Soit Delaneau était schizophrène, soit il avait un frère jumeau. Sinon comment fusionner le militant syndical et le passionné de la guerre de Sécession qui se trouvait là devant lui ?

Mais Bradley était flatté : cette curiosité pour l'histoire de son pays le renvoyait à son identité d'Américain sur laquelle il ne s'était jamais penché. Depuis son arrivée en France, il avait eu une petite révélation : toute critique de son pays l'atteignait personnellement.

Une petite femme joviale et potelée, portant presque la moitié de son poids en sacs de courses, les avaient rejoints. C'était la femme de Jojo, qu'il s'empressa de présenter à Bradley. Avant de partir de son côté, Jojo conseilla vivement à son patron de lire le premier ouvrage de Catton sur cette guerre qui fit trembler l'Amérique. Bradley répondit qu'il n'y manquerait pas.

Il trouva finalement l'agence immobilière qu'Aurélie lui avait indiquée. Une femme avenante en tailleur rose l'accueillit.

« Bonjour, je suis Nadine Letourneau. Et vous devez être le nouveau gérant de Fabre Frères ? »

Elle était plantureuse à souhait et maquillée comme un camion volé. Elle devait avoir entre quarante-cinq et cinquante ans, les cheveux tirés en arrière formant un chignon strict, très BCBG.

« Je trouve cela formidable qu'un Américain comme vous vienne travailler à Anizy. J'espère que cette expérience s'avérera enrichissante.

– Oui, jusqu'ici, c'est plutôt intéressant.

– Bien sûr, nous n'avons pas les loisirs qu'offre Paris mais nous avons quelques personnes distinguées dans cette ville. Vous cherchez un logement pour vous et votre famille je suppose ?

– Non, juste pour moi », répliqua Bradley.

Elle esquissa un sourire, plein de curiosité. L'expérience de Bradley lui avait montré à maintes reprises qu'il valait mieux ne pas s'étendre sur son divorce. Aux États-Unis, il y avait encore des gens qui répondaient « Oh, désolé » comme s'il s'agissait du décès d'un proche.

« Bien, voyons ce que nous pouvons trouver… »

Elle se leva de son bureau et se dirigea vers l'étagère derrière elle ; après quelques secondes de recherche, elle revint vers Bradley, un cahier à spirales à la main.

« Deux appartements et deux maisons meublées à louer dans la région. »

Bradley trouva les loyers abordables.

« Il faut commencer à préparer votre dossier.

– Quel dossier ? interrogea Bradley, surpris. Je voudrais juste louer quelque chose…

– Mais en France, vous savez, personne ne vous louera quoi que ce soit si vous n'avez pas établi un dossier solide au préalable. Voici les pièces que vous devez fournir… »

Elle tendit à Bradley le formulaire indiquant les papiers qu'il devait impérativement lui transmettre. Il s'agissait d'une liste interminable de documents qui s'étendait sur toute la page : une photocopie de son passeport, sa dernière feuille d'imposition, son contrat de travail, ses trois derniers bulletins de salaire, sa dernière quittance de loyer (pour les locataires) ou taxe foncière (pour les propriétaires), un relevé d'identité bancaire… Même le FBI n'oserait pas en demander autant. Bradley avait espéré quitter son hôtel et emménager dans un appartement avant lundi, comme il l'aurait fait sans aucune difficulté à Dallas. Mais il réalisa qu'ici, la manœuvre était plus délicate. Il commençait à comprendre pourquoi les Français avaient légué au monde le mot « bureaucratie ».

« Je ne sais pas si je vais pouvoir vous donner tout ça… Dans son pays, un locataire n'avait pas de document à fournir, à part un chèque.

– Vous n'êtes pas salarié, M. Bradley ? Vous n'avez pas de feuilles de paie ? s'enquit-elle, face à la mine déconfite de son client. Un petit ton de méfiance dans la voix, comme si elle s'adressait à un insolvable. Son visage accueillant s'était quelque peu endurci.

– C'est que je viens juste de commencer à travailler ici, je n'ai donc pas encore de bulletins de salaire. Mais j'ai toujours payé mon loyer, vous savez. »

Face au regard impassible de Mme Letourneau, Bradley insista : « Je suis capable de payer un loyer sans aucun problème ! » Il lui proposa même de lui donner ses fiches de paie des États-Unis, mais en guise de réponse, elle fit un geste de la main indiquant que c'était inutile. De toute façon, en France, personne ne les accepterait.

« Mais vous percevez bien un salaire en France, non ? » Cela semblait être d'une importance vitale pour Mme Letourneau. Peut-être avait-elle eu affaire à des vendeurs payés à la commission, à des acteurs en herbe fauchés ou à d'autres non-salariés qui avaient laissé des ardoises.

« Bien. Si vous souhaitez emménager dans un des appartements que je vous propose, je vais devoir en discuter au préalable avec le propriétaire, déclarat-elle, évasive. On vous demandera probablement de trouver un garant et le cas échéant, il devra fournir exactement les mêmes pièces et signer une caution.

— Non mais, vous êtes sûre que vous saisissez bien ce que je vous dis ? Vous comprenez que je veux simplement louer un appartement ?

— Oui, j'ai bien compris. N'oubliez pas de m'apporter les documents nécessaires, sans quoi je ne peux pas vous aider. »

Bradley tenta une nouvelle fois de protester, mais l'intransigeante Mme Letourneau poursuivait déjà : « Que se passera-t-il, cher monsieur, si un jour vous ne pouvez plus payer votre loyer ? Voyez-vous, en France, il est très difficile de mettre un locataire dehors, la loi est assez stricte sur ce point. C'est la raison pour laquelle les propriétaires doivent être très vigilants lorsqu'ils choisissent un locataire. C'est indispensable. Le propriétaire de l'un des appartements que je vous ai montrés sur le catalogue est une dame très âgée qui dépend presque totalement de l'argent que lui rapportent les loyers.

— Écoutez, si je ne peux plus payer, le propriétaire n'aura qu'à me flanquer à la porte, non ? »

Mme Letourneau le toisa comme s'il venait tout
droit d'un film de science-fiction hollywoodien.

« Ici, on ne *flanque* pas les gens à la porte, monsieur. La France n'est pas ce genre de pays. »

Devant son ton tranchant, presque sec, Bradley
renonça. Il tenta une boutade avant de quitter
l'agence — « Une lettre de recommandation de la
Maison Blanche, ça vous conviendrait ? » —, mais
Mme Letourneau n'avait pas d'humour. On ne ba-
dinait pas avec les formalités ici. Elle lui promit
néanmoins de lui faire visiter les deux appartements
disponibles à Anizy dès que possible.

En sortant de l'agence, Bradley, le pas vif, ab-
sorbé dans ses pensées, fonça droit dans un passant ; ils s'affalèrent tous deux sur le trottoir.
Bradley reconnut immédiatement le Robinson qu'il
avait aperçu l'autre jour. C'était bien lui ! Bradley le
fixait bouche bée.

« Excusez-moi », dit-il finalement, mais l'hirsute
se sauva, sans un mot.

4

L'attitude irrespectueuse d'Aurélie commençait sérieusement à agacer Bradley. Après tout, il était directeur de Fabre Frères, cela méritait bien un peu de déférence.

Un matin, la comptable arriva au travail dans une minijupe bleu nuit, couvrant à peine son postérieur. Elle avait de belles jambes, certes, mais en tant que dirigeant, Bradley désapprouvait ce type de tenue. Que penserait Honeywell de cet accoutrement ?

Mais Bradley n'était pas au bout de ses peines : il y avait aussi la barrière de la langue qu'Aurélie s'efforçait de rendre absolument infranchissable. Elle aimait bien tchatcher et s'adressait à Bradley dans un français familier, voire argotique, et truffé d'expressions typiquement parisiennes, alors qu'il venait de débarquer du Texas.

Elle raconta par exemple le « calvaire » qu'elle avait subi à cause de sa voisine de palier qui l'accusait de jeter ses mégots dans la cage d'escalier de l'immeuble. (Il saisit clairement le message qu'Aurélie lui lançait : il ne fallait pas songer à faire des

bureaux de Fabre Frères une zone non-fumeurs.)
Pour la comprendre, il devait faire des efforts fasti-
dieux : il parvenait à saisir quelques bribes grâce au
contexte et en hasardant quelques questions, avec
parcimonie. Il découvrit ainsi que *Bastoche* signifiait
Bastille, qu'un *bourge* était un bourgeois, que *psy* était
l'abréviation de psychanalyste, qu'une *pétasse* était
une fille aux manières légèrement provocantes et au
cerveau atrophié, que *clopes* correspondait à cigarettes, que *mat* voulait dire matin et que *déj* n'était
autre que le déjeuner. Les choses se corsèrent pour
petit déj, mais Aurélie lui détailla, exaspérée. Les
cours de français de Miss Bennett semblaient bien
loin...

Bradley trouvait légèrement ennuyeux, en tant
que directeur, de ne pas comprendre ses collègues.
Au début, il n'arrêtait pas d'interrompre Aurélie
pour lui demander de répéter les mots qu'il n'avait
pas saisis, et elle coopérait de bonne grâce. Mais elle
finit par perdre patience et se mit à lui parler façon
« Toi Tarzan, moi Jane », ce qui avait le don de l'ir-
riter au plus haut point. « Moi vous expliquer maintenant », dit-elle à Bradley alors qu'il venait dans
son bureau en quête d'une explication sur les
comptes de l'an passé. « Vous comprendre
Aurélie ? »

Bradley ne trouvait pas cela très amusant, mais il
était en terrain glissant et son français rudimentaire
le mettait en position d'infériorité par rapport à ses
subalternes, spécialement Aurélie. Quand il se plaignait trop et que l'impatience de la jeune femme atteignait son paroxysme, elle finissait par lui parler

en anglais, une langue qu'elle maîtrisait assez bien. Mais après quelques minutes, elle se lassait et retournait au jargon parisien. Bradley, au bout d'un certain temps, abandonna le combat, dépité.

Mais le pire du pire, c'était lorsqu'on lui parlait d'argent. Pour Bradley, c'était un vrai langage codé, incompréhensible. Pourtant il avait affaire à M. Paul, un ingénieur, et Aurélie, une comptable : on était en droit de s'attendre à une certaine rigueur.

Un jour, il leur demanda combien l'entreprise devait débourser pour l'assurance annuelle de ses locaux.

« Aux alentours de cinq millions, répondit M. Paul.

– Cinq millions d'euros ! s'étouffa Bradley.

– Mais non, cinq millions de francs ! »

L'ingénieur le regarda avec effroi, comme s'il était un abruti notoire, échappé de l'asile.

« Mais c'est quand même une fortune ! Vous êtes bien certain de cette somme ? »

Après quelques minutes d'égarement dû au choc, Bradley se demanda s'il ne parlait pas en anciens francs, devise officiellement supprimée depuis plus d'un demi-siècle.

Et si. (Euros, francs et maintenant anciens francs… Bradley n'aurait jamais imaginé un pays où les habitants comptent encore avec *trois* devises.)

« Je conçois qu'on puisse encore calculer en francs car l'euro est relativement récent. Mais compter en anciens francs, cela n'a aucun sens.

– Oui, mais nous, on se comprend. C'est vous qui ne pigez rien », répliqua Aurélie.

« Et puis de toute façon, vous êtes mal placé pour nous critiquer avec vos *pounds*, vos *ounces* et je ne sais quoi d'autre. Vous avez même des différents *ounces* selon la matière que vous pesez. C'est pas un peu ridicule, ça ? »

C'était une attaque frontale du système de poids et mesures anglo-saxon, mais Bradley ne riposta pas. Pour comprendre à fond les finances relativement opaques de Fabre Frères, le concours de la comptable lui était indispensable. Mais cette fille lui posait un problème : comment diable avait-elle pu devenir trésorière ? Dans son pays, on ne rigolait pas avec le fric : les comptables étaient presque tous sans exception des grands sérieux, voire taciturnes. Seuls les croque-morts avaient une image plus sobre. Et en général les comptables américains étaient des hommes – le peu de comptables femmes qu'il avait croisées ne se seraient jamais permis des habits de chanteuse de rock comme Aurélie. Bradley se surprit néanmoins à imaginer une Aurélie qui travaillerait dans les bureaux de Honeywell & Thomas aux États-Unis : ensemble passe-partout et gros nœud en soie sainte-nitouche que portent souvent les Américaines au travail. Non, il la préférait tout de même en VF, si ce n'était le sérieux de son travail. Un bureau, après tout, est un lieu de *travail*, pensa-t-il.

Aurélie n'était pas la seule employée de Fabre Frères à dédaigner la tradition américaine du *dress-for-success*, qui voulait que l'habit au bureau reflète la carrière professionnelle, la motivation et la loyauté à l'entreprise. Pour son premier jour de travail,

Bradley était arrivé habillé en cadre dynamique : costume bleu foncé de la maison new-yorkaise de Brooks Brothers. D'ailleurs, depuis qu'il avait commencé chez H&T, il aimait bien s'offrir un costume Brooks Brothers tous les ans.

Les employés de Fabre Frères arrivaient, en général en retard, nippés comme pour une séance de bricolage. Plusieurs s'habillaient en jogging, voire en tongs et bermuda. Même M. Paul, qui s'était plutôt bien habillé pour la visite de Fabre de Beauvais, semblait revenir à ses fringues préférées : une chemise hawaïenne et un pantalon qui n'avait plus de pli depuis longtemps.

Bradley essaya de ne pas se laisser décourager par le foutoir absolu d'un lieu de travail à la française : graffitis à l'entrée, distribution de tracts, affiches syndicales (dont une collée sur la porte de son bureau !) Et puis, cette plaque de peinture au plafond qui risquait de tomber à tout moment.

Il se décida à en parler à Aurélie.

« On ne pourrait pas faire quelque chose ?

— Faire quelque chose ? répondit-elle.

— Oui, pour nettoyer un peu les locaux...

— Au Karcher ? dit-elle en rigolant. C'est un détail, non ? », et elle retourna à ses comptes.

Le bureau d'Aurélie puait la cigarette. Bradley comptabilisa deux grands cendriers qui débordaient, et un troisième près des archives. Il redoutait un cancer des poumons du non-fumeur, et prit l'habitude de la convoquer dans son bureau plutôt que d'aller dans le sien. Mais cette solution n'en était pas une puisque toutes les archives se trouvaient dans son bureau à elle. Et de toute façon, elle arrivait avec une cigarette à la main et son paquet dans l'autre, au cas où son séjour se prolongerait.

Bradley fit encore une constatation, et non des moindres : même si elle s'appelait officiellement madame Verdier, Aurélie ne portait pas d'alliance.

Les comptes de Fabre Frères s'avéraient aussi bordéliques que les locaux, mais Bradley s'y plongea bravement. Naturellement, Honeywell avait fait appel, avant de conclure l'achat, à un cabinet international d'audit pour éplucher les comptes, mais leur insipide rapport n'expliquait pas grand-chose. Bradley préférait voir par lui-même. Il lui fallait absolument comprendre la situation financière de l'usine avant de choisir un cap. Avec la concentration d'un moine sur les Écritures, Bradley éplucha tous les comptes de Fabre Frères sur plusieurs années — factures, inventaires, relevés de compte bancaire, déclarations au fisc.

La situation de l'entreprise semblait bien pire que prévu : Fabre Frères était à des années-lumière de la rentabilité. Au cours du XXe siècle, l'usine n'avait fait que rater des occasions dans le monde de la robinetterie. Lorsque la demande de mitigeurs prit de l'ampleur, Fabre Frères avec son agilité de tortue s'était entêté à ne produire que des mélangeurs, avant de reconnaître ses torts neuf ans plus tard. Il fallut encore une bonne décennie pour comprendre que les clients voulaient aussi des mitigeurs à réglage thermostatique.

Bradley commença à douter de Fabre de Beauvais : l'aristo décadent et dégénéré, sans aucun talent pour les affaires, n'était-il pas en réalité un habile arnaqueur qui avait eu raison d'un capitaliste naïf du Nouveau Monde en se débarrassant de cette machine picarde à broyer l'argent ?

L'Américain posa des dizaines de questions à Aurélie pour mieux comprendre ce lent et irrépressible naufrage. Selon elle, l'ancien propriétaire se serait servi de l'entreprise pour payer moins d'impôts. Il ne venait plus dans les locaux depuis un bail, ce dont se doutait Bradley vu l'état d'abandon du bureau.

« Mais M. Honeywell a demandé à un cabinet parisien de passer à la loupe les comptes de Fabre Frères », dit Bradley. Tout cela semblait amuser grandement Aurélie, qui ne demandait meilleur spectacle que de voir les riches se déchirer.

« C'est exact, dit-elle. Mais tout d'abord Fabre de Beauvais a pris soin d'inviter ces experts parisiens dans son château, puis dans un restaurant étoilé à Roye pour un déjeuner somptueux. Ils sont arrivés à l'usine dans l'après-midi et tenaient à rentrer à Paris avant les embouteillages.

– Vous ne leur avez rien dit sur la véritable situation de Fabre Frères, les pertes… ?

– Non, mais, vous me prenez pour une balance ou quoi ? »

Inutile d'insister. Mais Bradley était tout de même curieux de savoir comment Fabre Frères avait pu fonctionner pendant des années sans directeur. Honeywell avait-il acquis une espèce de kolkhoze à la française ?

« Mais qui a besoin d'un directeur ? lança-t-elle. Pour s'en mettre plein dans les poches ? »

M. Paul prit la question de Bradley plus au sérieux.

« Fabre Frères ne s'occupe pas de la vente au détail : on se contente de fabriquer des robinets et de satisfaire les commandes qui passent par notre agent à Paris, Viard et Cie. »

Il expliqua que cet intermédiaire prenait une commission assez lourde, de vingt-deux pour cent, sur chaque commande industrielle. À part cela, Aurélie s'occupait des finances et des feuilles de paie, M. Paul supervisait le cahier des charges, et Jojo et ses collègues de l'atelier produisaient les robinets. Pas besoin de directeur si les commandes continuaient à tomber, grâce à Viard. Fabre Frères n'était rien qu'une usine, sans service commercial, ni marketing ni communication.

Bradley ne partageait pas cet avis. Dans son esprit, une entreprise est comme une voiture en marche. Sans conducteur au volant, le véhicule quitte tôt ou tard la chaussée pour s'écraser contre un arbre.

L'Américain décida de faire encore un tour à l'atelier, histoire de se familiariser davantage avec les lieux et l'ambiance. Il croisa Jojo Delaneau, qui déplaçait une livraison de pièces détachées métalliques. Bradley entreprit de lui parler de la guerre de Sécession pour prolonger leur conversation au marché du week-end précédent, mais Delaneau fit mine de l'ignorer. Il désigna plutôt les deux cartons lourds qu'il déplaçait.

« Avant la compression du personnel, on avait du monde pour ce genre de boulot. Un spécialiste comme moi perd son temps à faire bouger des charges comme ça. Vous comprenez ? Qu'est-ce que vous proposez ? »

« Rien », pensa Bradley sans oser le dire. Parmi le personnel de Fabre Frères, il y avait trop de spécialistes par rapport à la quantité de commandes reçues. Delaneau était tourneur, et les quelques déplacements de matériel ne semblaient pas ralentir son travail. Delaneau ajusta son bonnet, signe d'insatisfaction.

« Monsieur Bradley, je ne connais pas les conditions de travail dans votre pays, mais en France nous essayons de faire un boulot correct, sans stress supplémentaire. Moi, je suis ouvrier et salarié, mais je pense pouvoir faire un travail d'artisan, même dans une usine. Le taylorisme, c'est pas notre truc. Vous ne voulez pas que je me concentre sur ce que je sais faire au mieux ? »

Puis, Delaneau cita un article du code de travail, relatif au respect du travail spécifique de chaque salarié. Mais Bradley préféra continuer sa tournée sans polémiquer.

Il s'était juré de ne pas se laisser détourner de son but de restructurer Fabre Frères pour en faire une branche plus efficace et plus productive de l'empire H&T. Il se considérait comme une sorte de tueur à gages en entreprises, un samouraï du capitalisme, un homme qu'on pouvait parachuter au cœur de toutes les sociétés en pagaille pour couper les branches mortes, reprendre la situation en main et tracer la voie vers le succès.

C'est ce qu'il avait fait chez Healco Inc., un petit fabricant de matériel médical pour hôpitaux dans l'Indiana que Honeywell avait acheté quelques années auparavant. Bradley avait été muté à Terre Haute, avait passé deux semaines à éplucher les comptes de l'entreprise et présenté son plan de restructuration à Honeywell.

Un mois après son arrivée, environ un tiers du personnel de Healco avait disparu et une série de dépenses inutiles avait été supprimées. Six mois plus tard, la société engrangeait ses premiers bénéfices. Malheureusement, parmi le personnel licencié il y avait deux femmes enceintes (dans leurs premiers mois de grossesse, qui aurait pu deviner ?) et un employé de très longue date, cousin du maire et qui avait des relations. Bradley eut droit à des articles peu élogieux dans la presse locale : il fut surnommé « *Buzz-saw* Bradley », Bradley-la-Tronçonneuse. Ce surnom le suivit au quartier général et, quand il revint à Dallas à la fin de la mission, on l'appelait « *Buzz* ».

Mais Honeywell était content de son travail, surtout après avoir vendu Healco à une grande société new-yorkaise avec une plus-value de un million et demi de dollars. Bradley reçut une prime de dix mille dollars et un bureau au onzième étage.

Mais un an plus tard sa réputation s'écroula lorsque les New-Yorkais licencièrent le reste de l'équipe de Healco et revendirent les biens de la compagnie, y compris un terrain vague que la compagnie locale d'électricité convoitait, en faisant un beau bénéfice d'environ trois millions de dollars. Bradley fut convoqué par Honeywell comme un écolier chez le directeur pour un sérieux remontage de bretelles. Le sermon de Honeywell dura au moins deux heures : il ne comprenait pas comment Bradley avait pu sous-estimer les biens de Healco. Son bonus fut annulé et sa carrière coincée au même étage pendant plus de trois ans. Munster appela ça sa « traversée du désert » (c'est à cette époque qu'ils avaient lié connaissance).

Bradley n'avait pas beaucoup dormi pendant tous ces mois à Terre Haute. Il avait de la peine pour les personnes qu'il s'apprêtait à virer, mais il se rassurait en pensant qu'épargner des travailleurs inutiles pourrait nuire à l'entreprise. De toute façon, il n'avait pas le choix : Bradley n'était certainement pas un homme de foi, mais il croyait à la fatalité des marchés et à une certaine justice économique, puisque toutes les entreprises qui méritaient de mettre la clé sous la porte finissaient par le faire, tôt ou tard.

Pour lui, Healco n'était autre qu'un bateau qui commençait à prendre l'eau et sombrait en dessous de la ligne de flottaison. Il ne pourrait être sauvé qu'en jetant à la mer une partie de sa cargaison. Bradley pensa à une dizaine de comparaisons semblables pour soulager sa culpabilité mais, en dernière analyse, il revenait toujours à un seul fait :

Healco devait être sauvé, et il ne pouvait le faire qu'en licenciant. Et en assumant seul.

Chaque soir, Bradley ramenait inexorablement tout ce stress chez lui. Il se sentait de moins en moins *at home* dans l'appartement de location d'un quartier anonyme où lui et sa femme Peggy n'avaient pas d'amis. Son épouse ne manifestait aucun intérêt pour ses soucis au travail. Elle devint apathique, se mit à tourner en rond en robe de chambre toute la journée. Souvent, lorsqu'il rentrait à la maison, elle continuait à regarder d'un air absent les jeux télévisés. Il prit l'habitude de travailler de plus en plus tard et de dîner dans un fast-food en lisant un nouveau best-seller sur le management. Il ne rentrait chez lui qu'après dix heures du soir. Même si ses journées étaient un calvaire, son bureau était un éden comparé à l'enfer qui l'attendait chez lui.

Quatre mois plus tard, Peggy alla à Dallas pour une semaine voir ses parents et ne revint jamais. Elle finit par trouver un emploi dans une société d'assurance, et ils divorcèrent un an plus tard. Ainsi le mariage de Bradley prit fin, sans récriminations, sans enfants, et heureusement pour lui, sans dettes conséquentes.

Si chez Healco, les salariés avaient accepté le projet de rentabilisation de l'entreprise, aucun consensus ne semblait possible chez Fabre Frères. Ici, les mots « bénéfices », « rentabilité », « profits », étaient pire que des insultes.

61

« Ne voulez-vous pas que notre entreprise renoue avec les bénéfices ? lui demande-t-il, dans un pic de naïveté très américain.

— *Renouer ?* Vous voulez rire ? On n'a jamais fait de sous par ici, pas depuis que je suis là en tout cas. On n'est pas là pour ça d'ailleurs ! Cette usine existe pour nous donner des emplois, et puis c'est tout !

— Mais pensez-vous vraiment qu'un homme d'affaires comme M. Honeywell vous subventionne par charité ? Il compte sur vous pour *mériter* un salaire figurez-vous, ou est-ce moi qui délire ? »

Ils discutaient dans le bureau de Bradley. La porte était fermée. Instant de panique : la politique anti-harcèlement sexuel de H&T interdisait strictement à tout directeur de recevoir une employée sans laisser la porte grande ouverte, sous peine de licenciement. Bradley, qui avait suivi une semaine de formation anti-harcèlement pour cadres, se leva en vitesse pour aller ouvrir.

« Ça veut dire quoi ça ? Je sens mauvais, peut-être ? demanda la comptable, perplexe. Je ne suis pas assez parfumée, comme une pétasse américaine ? »

Bradley fut surpris de cette réaction. Il ne faisait que respecter les règles de son entreprise ; de toute façon pourquoi s'offusquerait-elle à l'idée d'une porte ouverte ?

« Je… » bredouilla-t-il.

Mais Aurélie se mit debout et quitta la pièce à grands pas.

« Comme ça, vous pourrez travailler porte fermée, si vous voulez ! » Elle claqua la porte si fort que M. Paul protesta depuis son bureau.

Bradley commençait à se familiariser avec Anizy. Pour la première fois depuis sa première visite maladroite, il retourna à la maison de la presse dans le centre-ville. Le propriétaire, que les autres clients appelaient monsieur Jacques, se montra fort respectueux. Bradley comprit qu'avec ce deuxième passage, son statut avait changé : devenu client fidèle, il avait droit à des égards.

« Mes respects à votre mère », lui dit M. Jacques en guise de salutation quand il quitta le magasin.

À Anizy, on comptait également trois ou quatre cafés, mais l'un d'eux convenait tout particulièrement à Bradley : le café des Sportifs. L'ambiance était assez relaxe, la musique de fond pas trop bruyante, et, miracle, on y trouvait même des tables non-fumeurs, situées dans le fond à côté de la porte des toilettes. Sur la carte, Bradley choisit une omelette aux pommes de terre.

« Spécialité de la région », l'informa le serveur, un type assez grand et peu bavard. Bradley n'était pas du tout exigeant question cuisine : il avait l'habitude des restaurants américains où l'on pratique non pas la gastronomie mais un assemblage alimentaire de saveurs suffisamment standardisées pour ne déplaire à personne. Bradley se contentait de tout plat à condition qu'il satisfasse sa faim.

Il retourna deux ou trois fois au café des Sportifs pour déguster d'autres mets, toujours sans problème. La quatrième fois, Bradley complimenta le serveur, qui répondit en souriant mais toujours en peu de mots : « Cuisine française bien de chez nous ! »

Bradley demanda s'il ne pouvait pas faire un tour dans la cuisine pour voir (il avait entendu quelque part que cela se faisait parfois dans des grands restaurants américains, pour féliciter le chef).

Le serveur semblait abasourdi par sa requête mais ne sut lui refuser.

« Pourquoi pas ? » répondit-il, indiquant le chemin de la cuisine, à droite du zinc.

Bradley ouvrit la porte d'une pièce si minuscule qu'il aurait pu presque toucher le mur du fond de sa main. Le cuisinier était africain, et recula effrayé quand il vit Bradley.

« Vous êtes inspecteur du travail ? bégaya-t-il.

— Pas du tout, je voulais vous dire combien j'ai aimé votre omelette aux chips.

— Vous avez aimé ? dit le cuisinier, tout sourire, avec un accent africain très prononcé. Je fais ça depuis trois ans. Il montra la cuisine à Bradley et le remercia de sa visite. La prochaine fois je vous mettrai quelques pommes de terre en plus. »

Heureusement sa quête de logement trouva son Graal : un appartement assez convenable que Mme Letourneau lui avait fait visiter. On y manquait un peu d'air, mais il était en centre-ville, lumineux, au premier étage, surplombant la place de la Résistance, non loin de la gare. Il préférait ça à une baraque isolée au fin fond de la campagne.

Monsieur Clemenceau, un homme corpulent mais à peine plus grand qu'un enfant de six ans, les fit entrer ; il était chargé de l'entretien de trois immeubles dans la même rue et portait à sa ceinture un lourd trousseau de clés.

Lors de cette visite, Mme Letourneau s'était habillée comme pour aller à une réception. Elle portait une jupe noire moulante avec un chemisier en soie suffisamment serré pour que chacune de ses respirations produisît une convulsion de huit sur l'échelle de Richter. Elle portait aussi une mallette noire à la main, au cas où M. Clemenceau aurait quelques doutes sur la vraie nature de leur entrevue dans l'appartement.

Bradley remarqua qu'elle avait des formes généreuses : aux États-Unis, elle aurait probablement porté un sweat-shirt et un bermuda, intégrant ainsi le club des obèses. Mais pourquoi les Américaines ne savaient-elles donc pas s'habiller de façon séduisante ? Mme Letourneau n'était pas grosse, elle était bien en chair : c'était l'art inné de l'élégance à la française.

Suite à une brève inspection de cinq minutes consistant à jeter un coup d'œil dans quelques armoires, à ouvrir un ou deux robinets pour s'assurer du bon fonctionnement des tuyaux, Bradley annonça sa décision de prendre l'appartement. Il était un peu vétuste, mais c'était sans importance, il ferait très bien l'affaire. Il n'avait pas vraiment envie de passer des semaines à visiter des logements.

S'ensuivirent quatre-vingt-dix minutes de négociations intenses à l'agence immobilière de

Mme Letourneau, et des explications sans fin avec le propriétaire, un avocat vivant dans un village du coin, concernant la situation particulière de Bradley. Finalement, après maints efforts, il fut convenu que Bradley s'installe dans l'appartement sitôt qu'il aurait fourni les premiers éléments de son dossier – et un chèque, bien entendu.

Mme Letourneau se colla au fax, envoyant au propriétaire une copie du passeport de Bradley et son « contrat de travail » (en fait, une simple lettre fournie par Aurélie) comme directeur de Fabre Frères.

Mais ça ne suffisait pas au propriétaire qui exigea d'autres papiers, y compris la déclaration d'impôts de Bradley (qu'il n'avait évidemment pas). Mme Letourneau lui parla au téléphone pendant ce qui sembla être une éternité, ne réussissant qu'à reporter l'échéance d'une semaine.

Autre tuile : Bradley n'avait pas encore eu le temps d'ouvrir un compte bancaire, il n'avait donc pas de RIB – Mme Letourneau était effondrée.

« Je n'ai encore jamais eu à m'occuper d'une affaire de location pour un client sans RIB », s'écriat-elle. « C'est pas légal tout ça. Pas légal du tout. »

Encore un coup de fil à Aurélie, qui transmit à Bradley un RIB sur le compte de Fabre Frères, accompagné d'un chèque, le tout par télécopieur en attendant les originaux.

« C'est contre mes principes », avait-elle dit à Bradley, qui ne s'était jamais senti aussi vulnérable de sa vie, broyé dans cet engrenage de procédures, mais il avait besoin d'un endroit pour vivre, et avait décidé de se taire. Il avait dû promettre à Mme Letourneau de lui donner un RIB personnel aussitôt qu'il en aurait un.

Juste au moment où tout semblait être en ordre, le propriétaire téléphona à nouveau pour annoncer que finalement, après mûre réflexion, il réclamait un garant.

Aurélie refusa catégoriquement.

« Désolée, on ne me paie pas suffisamment pour ça », dit-elle.

Bradley poussa un soupir. Il s'adressa alors à M. Paul et lui demanda s'il voulait bien lui porter secours. Lorsqu'il lui posa la question par téléphone, il y eut un long silence à l'autre bout du fil, mais il finit par accepter et ce dernier problème fut réglé.

Il ne faisait aucun doute à ce stade que l'acquisition de Fabre Frères par Honeywell avait été moins laborieuse que la location d'un appartement en France. Mais il savoura sa victoire et se félicita d'avoir franchi tous ces obstacles.

Mme Letourneau sortit d'une petite armoire une bouteille de porto et deux verres. C'était l'heure de l'apéritif, ils prirent un verre pour fêter la location réussie et discutèrent de choses et d'autres ; Bradley apprit qu'elle était divorcée elle aussi. Elle avait été autrefois la femme d'un maire d'Anizy.

Après trois verres de porto, Bradley se sentit déjà plus joyeux. Alors qu'il s'apprêtait à partir, Mme Letourneau lui tendit la joue gauche en posant la main sur son épaule, l'invitant ainsi à l'embrasser à la française, sur les deux joues, comme dans les vieux films qu'il avait vus. C'était la première fois qu'il faisait ça.

Il devrait aussi en parler à Munster.

De retour dans son bureau assombri par la tombée du jour, Bradley alluma la lumière. Depuis sa fenêtre, il contempla l'atelier de production, silencieux et faiblement éclairé. Les ouvriers s'étaient retirés depuis quelques heures déjà. Le silence l'apaisait. Au fil des années, il avait appris à savourer ces moments de tranquillité, quand il se retrouvait seul sur son lieu de travail.

Il allait trouver ses marques à Anizy, avoir son propre appartement, démystifier le code du travail en y consacrant autant d'heures de lecture approfondie que nécessaire. Oui, il remettrait l'entreprise Fabre Frères sur les rails du profit, coûte que coûte, en élaborant des solutions qui conviendraient tout autant à Honeywell qu'au personnel de l'usine. Il allait travailler d'arrache-pied pour y parvenir, parce qu'il savait pertinemment que le travail était la seule solution aux problèmes du monde des affaires. Travailler, travailler, encore et toujours travailler, c'était son credo, sa religion.

Vers minuit, Bradley fit une découverte dans les comptes, quelque chose d'insolite, d'inexplicable. Il recalcula le tout sur Excel. Non, il ne s'était pas trompé : début 2002, tous les salariés de Fabre Frères avaient bénéficié d'une augmentation supplémentaire de presque sept pour cent, sans compter le coup de pouce annuel. Mais Bradley ne trouva trace nulle part d'une négociation ni d'un accord salarial.

L'expertise du cabinet parisien ne livrait aucun élément sur cette revalorisation inexpliquée. Bradley rassembla tous les livres de comptes de l'entreprise sur la table de conférence, rehaussa l'assise de son fauteuil, et se plongea dans un océan de chiffres. Il vérifia la somme des cotisations sociales, puis la compara avec le coût total des salaires.

Une heure plus tard, Bradley fit une deuxième trouvaille saisissante qui semblait tout expliquer. Un de ces moments de pure illumination, quand toutes les pièces du puzzle se rejoignent, quand les astrophysiciens parviennent à sonder l'âme de l'univers, quand on décroche le prix Nobel. Il avait trouvé ! Et c'était vers Aurélie, sans nul doute, que son enquête le mènerait.

Voilà une première économie qu'il pourrait faire, à la satisfaction de Honeywell ! Une économie de taille en plus. Bradley se leva de son siège, tout à fait convaincu que désormais, il allait régner sur Fabre Frères.

5

Il fallait dégraisser !

Les frais de personnel étaient excessifs. L'analyse des comptes le confirmait. La conjoncture était pourrie : la robinetterie traversait une crise, les ventes au public et aux constructeurs étaient en chute libre. L'agent parisien, Viard, passait de moins en moins de commandes importantes. Fabre Frères ne pourrait pas tenir longtemps à ce rythme.

« Nous devrons, hélas, nous séparer d'une partie du personnel, annonça Bradley solennellement à Aurélie et à M. Paul.

— Vous voulez dire licencier ? ! demandèrent-ils en chœur, ahuris.

— Malheureusement. Je n'en suis pas ravi.

— Ce n'est pas possible ! dit M. Paul. On a déjà connu un plan social il y a cinq-six ans, et on avait promis au personnel…

— Peu importe, s'obstina Bradley. Il y va de la santé de notre usine.

— Mais nous, on ne vous laissera pas faire, dit Aurélie, d'un ton très ferme et déterminé, en se levant de son siège.

– Comment ça ? demanda Bradley.

– En tant que déléguée du personnel, je peux vous assurer qu'un nouveau plan social, il n'en est pas question ! »

Bradley se tut, par discrétion car il avait déjà assez parlé. Il devait faire des vérifications avant d'agir.

Après cette réunion au sommet, Bradley téléphona à Mᵉ Lombardi, l'avocat parisien de Fabre Frères, pour lui demander des précisions sur le licenciement en France. Il fallait qu'il s'occupe personnellement de ce dossier. Pas question de le confier à Aurélie.

« Vous pouvez licencier, mais il faut respecter les procédures. Sinon, vous risquez gros, dit l'avocat, d'une voix grave.

– Prenons un cas de figure, mettons qu'il faille renvoyer un quart du personnel. »

Pendant une bonne demi-heure, Mᵉ Lombardi parla de la législation française en matière d'emploi, dressant pour l'étranger qu'était Bradley un historique des acquis sociaux, du *Germinal* de Zola aux trente-cinq heures de la gauche plurielle. Parfois, son discours devenait lyrique, invoquant la peur des Français devant la précarité et le chômage, un trauma national. Plusieurs fois, l'Américain tenta de couper court à cette explication-fleuve, sans succès, l'avocat reprenait de plus belle. À la première pause dans le cours magistral, Bradley sauta dans la brèche.

« En quelques mots, maître, j'ai besoin d'une réponse précise : combien de temps faut-il pour me séparer de quelques salariés ?

– De manière parfaitement légale ?

– Oui, bien sûr, répondit Bradley, un peu surpris par la question.

– Plus ou moins dix-huit mois étant donné qu'il faudra s'occuper de leur reclassement…

– Un an et demi ! Vous en êtes certain ?

– Parfaitement. Un an et demi, si tout va bien pour vous. Il faudra prévoir bien entendu des procès aux prud'hommes après les licenciements. Nous sommes en France, monsieur Bradley, un pays de procédures et de justice. »

Ébranlé, Bradley sentit monter la fièvre. Le bureau flottait devant lui.

« Et combien faudrait-il prévoir à peu près en indemnités de licenciement ? »

L'avocat lui demanda quelques détails sur l'ancienneté des salariés en question, leur rémunération, leur âge. Bradley attendit que l'avocat finisse ses calculs.

« Voilà. Il faudrait compter… » Me Lombardi cita un chiffre faramineux.

Bradley, pour la deuxième fois, crut s'évanouir. Pour licencier un quart du personnel, Honeywell aurait à payer l'équivalent d'une année de chiffre d'affaires de Fabre Frères.

« Le chiffre que j'ai cité, ajouta Lombardi, s'applique si tout va bien, sinon il peut doubler. »

Hors de lui, Bradley eut la présence d'esprit de se souvenir d'une toute dernière question.

« Et vos honoraires pour une telle opération ? »

Lombardi prit un ton jovial.

« Oh, ça, monsieur Bradley, c'est un détail. En France, nous ne sommes pas des requins comme les juristes américains. Nous sommes juste des artisans, nous faisons notre travail avec plaisir. »

Bradley raccrocha.

« À quoi ça sert d'être patron si on ne peut pas licencier ? se demanda-t-il, la tête entre les deux mains, gémissant. Aux États-Unis, on fait ça en un clin d'œil. Si M. Honeywell apprend cela, il va péter un câble, c'est sûr. »

S'il n'arrivait pas à renverser la situation dans cette usine, il serait sûrement limogé, ou en tout cas relégué au quatrième étage de la tour H&T, où il avait débuté. Ce qui était pire.

Bradley prit sur-le-champ une décision, périlleuse celle-là : il ne dirait rien pour l'instant à Dallas sur la vraie situation de Fabre Frères. Il avait besoin d'un peu plus de temps pour voir s'il pouvait, en annulant cette fameuse augmentation de 2002, redresser le bilan. S'il parvenait à rétablir les finances en réduisant sensiblement les frais de personnel, il serait bien plus facile d'aborder avec Honeywell la question des pertes historiques de Fabre Frères.

Bradley se faisait son petit rêve dans sa tête, s'imaginait annonçant à son patron le miracle que lui, Bradley, venait d'effectuer à Anizy : « Mon cher Honeywell, vous vous êtes fait avoir par ce petit malin de Français, Fabre de Beauvais, lorsque vous avez payé trois millions de dollars pour son usine, mais je me suis permis de vous sauver la peau… Fabre Frères était déficitaire depuis belle lurette.

73

Mais j'ai fait en sorte que cette entreprise connaisse de nouveau des bénéfices, ce qui vous permettra de réaliser une plus-value non négligeable… » Dans ce songe, Bradley se voyait rentrant triomphalement à Dallas, devenu pour tous « le héros d'Anizy », enfin gratifié de ce dont il rêvait depuis longtemps – une secrétaire à lui.

Était-ce un scénario plausible ? Il n'en savait rien, mais avait-il d'autre choix que de tenter l'impossible ?

M. Paul entra dans le bureau de Bradley pour discuter de la nouvelle gamme de mitigeurs métalliques à la surface martelée. Puisque l'entreprise se limitait à manufacturer les équipements de salle de bains que d'autres établissements avaient conçus, certains modèles posaient pas mal de problèmes quant à leur réalisation.

« Jojo m'a dit que les presses métalliques ne pouvaient pas traiter une surface opaque sans… »

M. Paul rentrait dans des détails techniques que Bradley ne comprit pas vraiment, se souciant notamment de savoir si une telle opération impliquait une restructuration des outils. Bradley le laissa continuer parce qu'il sentit que Paul avait besoin de parler.

Bradley savait qu'à l'atelier M. Paul était considéré comme l'« intello » de l'usine, probablement parce qu'il avait obtenu le bac, ou alors à cause de la pipe. Bradley avait examiné son dossier personnel : presque soixante ans, études d'ingénierie à Amiens, veuf depuis trois ans. Il semblait solitaire, n'entretenait avec ses collègues ouvriers ni rapports de force ni esprit de bande. Tout le monde l'appelait « Monsieur Paul », même Aurélie, qui avait pourtant le chic pour établir une relation quasi intime avec des gens qu'elle venait à peine de croiser. La plupart du temps, M. Paul déjeunait à son bureau, pratique très courante aux États-Unis. C'était toujours le même rituel : il sortait de sa sacoche de cuir une boîte en plastique contenant son plat principal, assez élaboré. Puis il le transférait soigneusement dans une assiette en porcelaine et se servait un verre de vin rouge, provenant de la petite réserve personnelle planquée dans son placard. C'était un bourgogne, toujours le même, un côte-d'auxerre. Personne ne s'avisait de l'interrompre pendant le déjeuner, qui débutait toujours à douze heures trente tapantes. Même Bradley prenait soin de ne pas frapper à la porte de son bureau pendant cette petite heure qui n'appartenait qu'à lui.

Bradley aussi déjeunait seul, mais il acceptait cette solitude comme inhérente à son poste de directeur. De ses fenêtres qui surplombaient l'atelier, il voyait parfois Aurélie en train de casser la croûte avec Jojo, Gérard et d'autres. Toujours les mêmes, le noyau dur de la contestation. Depuis son bureau, Bradley entendait leurs rires. Les ouvriers ne se permettaient jamais de monter jusqu'au bureau d'Aurélie pour manger, même s'il était suffisamment spacieux pour les recevoir. Il existait apparemment un mur de séparation, invisible mais néanmoins imperméable, qui empêchait la classe ouvrière de

75

pénétrer dans les bureaux des administratifs, sans y être convoquée.

Bradley attendit la fin de la pause déjeuner pour aller poser une question à M. Paul.

« Au fait, demanda-t-il à l'ingénieur, avez-vous déjà remarqué un type un peu bizarre rôder autour du bâtiment ? Avec une grande barbe, vous savez, comme Robinson Crusoé.

— Oui bien sûr, c'est Quentin. Tout le monde le connaît ici.

— Quentin… Mais qui est-ce ? La curiosité le titillait, et il était ravi de pouvoir enfin mettre un nom sur ce visage errant.

— Il a travaillé ici…

— Quoi ! il a travaillé chez nous ?

— Oui, c'était un salarié mais ça fait déjà quelques bonnes années qu'il ne travaille plus du tout en vérité. Et ce n'est pas maintenant qu'il recommencera, j'en ai bien peur, parce que dans un an ou quelque chose comme ça il aura l'âge de prendre sa retraite.

— Comment ça, il a arrêté de travailler ? demanda Bradley. Je croyais pourtant que dans ce pays on s'accrochait à son emploi comme à une bouée de sauvetage.

— Eh bien, au début il a enchaîné congé sur congé, ou il s'est lancé dans une formation professionnelle, je ne sais plus très bien. Bref, il ne bosse plus vraiment…

— Mais il a démissionné à un moment donné ?

— Non, jamais. Légalement, il est toujours employé à Fabre Frères, mais on ne le paie pas ».

Bradley pensait que plus rien ne pouvait le surprendre dans ce pays, mais si, il se trompait. En fait, il passait son temps à être ahuri.

« Quentin est un cas à part, expliqua Paul. Il était sans conteste notre meilleur élément ici. Et puis, quelque chose s'est passé, il y a quelques années, enfin c'est un peu compliqué… En tout cas, il a tout laissé tomber, comme ça. Il n'avait plus envie de travailler, et donc…

— Il ne travaille plus… compléta Bradley sans peine.

— Vous savez, dans notre pays, survivre sans boulot, c'est pas si difficile, en toute légalité en plus, ajouta Paul. On peut avoir le RMI, différentes aides…

— Pourquoi rôde-t-il autour de l'usine de temps à autre, avec son air de SDF ?

— À vrai dire je n'en sais trop rien. C'est assez difficile de lui parler, il fait tout pour nous éviter, nous étions pourtant ses collègues. Il y a quelque chose qui le rattache à cette usine. Je ne sais pas, c'est peut-être la nostalgie du bon vieux temps, quand il travaillait encore ici… Je le considère un peu comme le travailleur aliéné dont Marx parlait, vous savez… »

Des travailleurs aliénés, non, Bradley n'était pas vraiment au courant, mais il décida de se renseigner.

Depuis son arrivée chez Fabre Frères, il avait souvent entendu un terme qui le taraudait un peu plus chaque jour : taylorisme. Jojo Delaneau, par exemple, l'avait utilisé deux fois, la voix pleine de désapprobation, au cours de la visite de l'atelier de production. M. Paul y avait également fait référence lorsqu'il s'était entretenu avec lui sur d'éventuelles améliorations des moyens de production.

« Je tiens à vous prévenir que le personnel, et surtout les syndicats seraient méfiants, voire réticents, à toute tentative d'augmentation de cadence. C'est une idée qu'ils rejettent systématiquement car ils l'assimilent au taylorisme », avait dit M. Paul à Bradley, tandis qu'il s'efforçait de tirer une longue bouffée de sa pipe, presque éteinte. Il finit par s'emparer d'un briquet et la ralluma avec flegme. Pour une raison qu'il ignorait, Bradley était nettement moins dérangé par l'odeur suave qui émanait des volutes de la pipe de M. Paul que par l'aigre et envahissante fumée des cigarettes d'Aurélie. Que se passerait-il s'il déclarait l'usine tout entière zone non-fumeurs ? Il abandonna immédiatement cette idée qui serait jugée révolutionnaire, ou réactionnaire, il ne savait plus.

Bradley avait quelques idées sur les changements à opérer chez Fabre Frères. Pour sonder le terrain, il en avait fait part à M. Paul. Pas de grands bouleversements, juste quelques évolutions concernant la programmation, l'approvisionnement, la logistique… Mais à chaque suggestion de Bradley, M. Paul tirait de plus en plus furieusement sur sa pipe, jusqu'à ce qu'un épais nuage de fumée masque le plafond.

« On peut pas faire tout ça. De toute façon, ça passera jamais avec Jojo. Vous vous rendez compte, ce serait encore pire que le taylorisme ! » s'était exclamé l'ingénieur.

Bradley avait donc capitulé pour l'instant. Mais bon sang qu'est-ce que ça pouvait être ce truc ?

Il était obnubilé par la question. Dès qu'il eut un moment, il fit quelques recherches sur Internet et finit par trouver l'information qu'il cherchait : il s'agissait d'un concept forgé par Frederick Taylor, un théoricien américain de l'efficacité industrielle, oublié de tous en Amérique depuis des décennies. Effectivement, Bradley se souvint d'une brève référence à Taylor, dans un texte de première année de *business school* : il était présenté comme un des pionniers de la division du travail manuel en tâches simples et répétitives individuellement optimisées. Autrement dit, une pensée obsolète, qui ne figurait plus depuis des lustres dans le cursus universitaire des Américains, tourmentait les Français, comme si le spectre de Taylor hantait l'usine. Bradley se demandait s'il ne voyageait pas dans une machine à remonter le temps, à la H. G. Wells.

Mais il trouva un autre article sur le Web qui expliquait que selon Taylor, « l'objectif principal du management est d'assurer un maximum de prospérité aussi bien à l'employeur qu'à l'employé », une définition formulée en 1911. Il se répéta plusieurs fois l'idée, qui n'était pas si bête.

Requinqué depuis sa conversation avec Me Lombardi et comme piqué par un sentiment d'urgence, Bradley entreprit de sonder le dossier concernant la mystérieuse augmentation de salaires dont tous les employés avaient bénéficié.

Il appela Aurélie qui débarqua dans son bureau quelques minutes plus tard avec une nonchalance ostentatoire. Comme d'habitude méfiante, mais encore plus depuis la discussion sur l'éventualité d'un plan social. Il lui demanda de s'asseoir. Elle s'exécuta et croisa les jambes de manière provocante, laissant entrevoir le début de ses cuisses, ce qui ne manqua pas de distraire Bradley pendant un court instant.

« J'ai jeté un coup d'œil sur les fiches de paie de deux années en particulier, 2001 et 2002 », lança-t-il, tâchant d'entrer dans le vif du sujet avec précision. Alors qu'il se mettait debout pour se grandir et reprendre l'avantage sur elle, il se sentit soudain dans la peau d'un procureur sur le point de lancer une accusation cinglante. Jusque-là, elle était restée muette, se contentant de tirer sur sa cigarette et de l'observer à travers les volutes de fumée.

« Et j'ai remarqué quelque chose d'intéressant… Il s'arrêta d'un coup, comme pour créer un effet de suspense. Non pas remarqué… plutôt découvert !

– Ah bon ? Elle prenait un air dégagé, mais elle allait voir ce qu'elle allait voir.

– Aurélie, vous souvenez-vous d'un événement marquant au début de l'année 2002 ?

– Non, si ce n'est la gueule de bois que j'ai dû avoir le lendemain du réveillon… »

Bradley s'attendait à ce genre de charge ironique dont elle avait le secret. Il commença lentement à faire les cent pas, les mains dans le dos, comme en proie à la réflexion.

« Donc… vous ne vous souvenez de rien de spécial qui soit arrivé début 2002 ? Eh bien, je vais vous rafraîchir la mémoire. »

Il s'arrêta d'un coup, lui tournant le dos, à la manière de Perry Mason lorsqu'il assène une conclusion péremptoire. Bradley jouissait, mais il tenait à savourer son triomphe. Aussi, il prononça ces mots d'un ton calme et posé, comme s'il s'adressait à un jury imaginaire :

« Eh bien, l'euro, Mme Verdier, l'euro.

Ah oui. L'euro. Et alors ?

– J'ai inspecté les livres de comptes de Fabre Frères, ces mêmes comptes dont vous aviez la charge. Après examen, j'ai la preuve que vous avez fait une grave faute professionnelle. Une très grave faute en effet.

– Et vous faites référence à quoi au juste ? »

Si elle était ébranlée, elle le cachait bien. Dans un autre contexte, il aurait admiré sa manière posée, sûre d'elle-même, en rien intimidée par les hommes. Dans quel autre contexte ? Bradley s'égarait en pensées scabreuses.

« En ce début 2002, pour faire la conversion des francs aux euros, vous auriez dû utiliser un taux de change de 6,55957 francs. Au lieu de quoi, vous avez fait l'erreur d'utiliser un taux d'une différence de plus de sept pour cent par rapport au taux de référence. Et cette erreur a coûté des frais de salaires considérables à Fabre Frères, et je…

81

— Mais c'était pas une erreur ! Vous me prenez pour une demeurée ? »

Il était scié, elle lui avait comme coupé l'herbe sous les pieds.

« Ce n'était pas une erreur… ? bredouilla-t-il.

— Évidemment pas. Je trouvais que nous méritions tous une augmentation chez Fabre Frères, et pour éviter le désagrément d'un nouveau mouvement social, je nous en ai donné une à tous, tout simplement. »

Bradley, éberlué, tomba sur sa chaise, tout en écoutant Aurélie raconter comment elle avait profité de l'incapacité notoire de Fabre de Beauvais, pour utiliser son propre taux de change franc-euro.

« C'était d'une simplicité enfantine. J'ai converti tous nos salaires en euros sur la base d'un taux de 6,05957. C'était l'occasion rêvée à ne pas manquer.

— Et Fabre de Beauvais n'a rien soupçonné ? » demanda Bradley. Une petite veine sur sa tempe droite commençait à trembler. Cette fille avait bien l'intention de lui mettre un pied dans la tombe.

« Oh, vous savez, il se plaignait toujours des coûts salariaux. C'était sa rengaine habituelle et personne n'y prêtait attention. Mais il ne s'est jamais donné la peine de regarder les comptes en détail d'une année sur l'autre. C'était pas son truc. Il n'était pas du genre Einstein, si vous voyez ce que je veux dire… » répondit-elle, presque gaiement, comme si elle se souvenait maintenant avec fierté de son coup réussi.

Bradley avait dépassé le stade du choc. Il n'avait jamais entendu pareille histoire. Comment un comptable pouvait-il décider d'une augmentation dans le dos de la direction ? C'était du jamais vu dans l'histoire des affaires.

« C'est du jamais vu, marmonna-t-il hébété.

– J'en n'ai rien à foutre, dit Aurélie. Le plus important c'est que les employés de Fabre Frères puissent vivre mieux grâce à ça. Franchement, quelques robinets de plus ou moins, est-ce que cela peut changer le monde ?

– Changer le monde ? Mais qui parle de changer le monde ? C'est quoi, ce discours ? Tout ce que je veux, c'est produire des robinets de manière plus efficace, si cela ne vous gêne pas trop ! »

Furax, Bradley sentait la situation lui glisser entre les doigts. Le dédain de cette femme envers l'autorité était tel qu'il emportait tout sur son passage, tel un tsunami. Si cela continuait, il n'aurait plus qu'à battre en retraite à Dallas, la queue entre les jambes.

Merde ! Dallas ! Si jamais ils apprenaient... Bon, il fallait qu'il sévisse, maintenant.

« Je pourrais vous virer, vous savez, menaça-t-il froidement. Il se reprenait un peu.

– Je sais. Mais à mon avis, les prud'hommes n'accepteraient pas. Ce que j'ai fait s'est passé avec l'approbation de Fabre de Beauvais. Il a signé les comptes et n'a fait aucune objection. En rachetant la compagnie, H&T a accepté un fait accompli, à mon avis en tout cas. Il faudrait voir avec Lombardi. Je dis ça pour vous.

– Fabre de Beauvais n'a fait aucune objection parce qu'il n'avait pas la moindre idée de ce qu'il se passait...

– Il l'a bien cherché. *"A fool and his money…"* comme vous dites en anglais.

– *"Are soon separated"*… compléta Bradley. La bêtise et l'argent ne font pas bon ménage. »

Complètement abattu, il écoutait résonner dans le couloir le bruit des talons d'Aurélie qui rejoignait son bureau victorieuse.

Tout tournait au vinaigre. Bradley oserait-il dire un jour à Honeywell qu'il avait fait une erreur en rachetant Fabre Frères ? Cette usine dans la campagne picarde, si loin de Dallas, risquait fort de devenir la plus grande tache noire dans l'histoire de H&T.

L'entretien avec Aurélie le fit tout de même réfléchir. Premièrement, il apprenait à ne pas se fier aux apparences. La ville et ses autochtones cachaient bien des mystères.

Deuxièmement, il se posa une question pour la première fois de sa carrière professionnelle : pourquoi avait-il eu recours à la menace de licenciement ? Il avait sorti la phrase sans trop réfléchir, comme si c'était la seule arme dont disposait un dirigeant. En fait, en France, ces menaces ne servaient à rien : ni à faire peur ni à faire travailler plus. Mais aux États-Unis ça marchait ; difficile de varier les méthodes en fonction des pays. Dans son monde, Bradley acceptait sans broncher une discipline presque militaire au travail : ceux qui désobéissaient prenaient le risque de se faire renvoyer. Mais que devient l'ordre établi quand on ne peut pas licencier ? À quoi sert d'être général dans un tel cas ?

En ce qui concernait Aurélie, en revanche, sa menace était bidon… Il n'avait aucune intention de se séparer de la comptable.

Bradley commençait à s'adapter à la vie à Anizy. Un matin, alors qu'il montait dans sa voiture pour se rendre au travail, il constata une belle égratignure sur la carrosserie, apparemment faite pendant la nuit. Le vandale s'était probablement servi d'une clé ou d'un tournevis pour bâcler son œuvre, qui s'étendait sur toute la longueur du véhicule, côté conducteur. Bradley resta perplexe face à ce geste haineux.

« Elle fait trop neuve, votre bagnole, lui expliqua M. Clemenceau, le gardien, qui distribuait le courrier. Une voiture neuve comme ça fait forcément des envieux. Vaut mieux ne pas la laver pendant quelque temps. »

Au moins était-il maintenant bien installé dans l'appartement de la place de la Résistance, malgré quelques inconvénients indéniables. La plomberie était faiblarde : chaque coup de chasse d'eau entraînait un reflux pas net dans la baignoire. L'insonorisation laissait à désirer, le plafond était en papier bible et Bradley entendait les moindres faits et gestes du couple du dessus.

Il les avait rencontrés plusieurs fois dans l'escalier et avait échangé des « Bonjour » polis. Ils avaient tous les deux un côté anachronique. Elle était large d'épaules et toute en jambes, le nez long et de travers, les cheveux frisés, une bouche de poupée badigeonnée de *gloss* – la touche glamour. Elle

85

traînait ce qui semblait être un manteau en faux chinchilla, avec une grosse rustine. Le garçon portait le genre de pantalons larges à revers qui avaient été à la mode après-guerre. Ses cheveux étaient ramenés en arrière et presque toujours mouillés. Ils avaient l'air d'enfants déguisés dans les vêtements de leurs grands-parents. Mais Bradley supputa qu'ils s'étaient fournis aux puces. Ils portaient le même attirail de jour comme de nuit.

Les amants du deuxième étage sortaient tous les soirs, et quand ils rentraient c'était le grand boucan : ils ne fermaient jamais la porte, ils la claquaient. S'ensuivaient des gloussements qui se répercutaient dans tout l'immeuble et crispaient Bradley, déjà dans son lit. Ensuite venaient les bruits de cuisine – leurs finances ne leur pemettaient donc pas de dîner dehors. Bradley voyait d'ici leur soirée type : chichement concentrée autour d'un verre, voire deux les soirs de fête.

Après le dîner, vers une heure du matin, ils étaient fin prêts pour l'amour. Et là, ce n'était pas que du bruit, c'était une symphonie, entre grincements du parquet et martèlements *staccato* du lit. Elle se fendait d'un long soupir expiateur au beau milieu des ébats. Pas un de ces petits feulements discrets qui n'auraient jamais traversé la carcasse de tout un immeuble, non, mais un geyser qui jaillissait du tréfonds de son être. Lui émettait les puissants grognements de celui qui est lancé dans un effort herculéen.

Quand il tomba sur M. Clemenceau en train de nettoyer la cage d'escalier le lendemain matin, Bradley s'ouvrit à lui de ce problème d'insonorisation.

Le visage du gardien se fendit d'un sourire entendu. « Les locataires précédents avaient fait la même réflexion. Vos voisins du dessus ne sont pas d'ici. Ils viennent d'Auvergne et travaillent dans un théâtre à Roye, commenta-t-il. Les Auvergnats ne sont pas connus pour leur discrétion. Mais vous vous habituerez. »

6

M. Paul avait prévenu Bradley de la brusquerie tristement célèbre des bureaucrates ; en arrivant devant la préfecture, un vieux bâtiment en pierre imposant, il se sentait donc légèrement anxieux. Tout autour de lui, un torrent de gens venus des quatre coins du monde se ruaient dans l'entrée en passant par le détecteur à métaux. Une fois arrivé à l'accueil, il demanda un renseignement à une femme en uniforme qui interrompit brièvement la discussion qu'elle avait entreprise avec sa collègue pour pointer du doigt la pièce qui lui était réservée, celle où devaient se rendre les étrangers non issus de la Communauté européenne. Puis, elle reprit sa conversation, désinvolte.

La pièce au plafond bas était pleine à craquer, on aurait dit un quai de gare aux heures de pointe. Elle était beaucoup trop étroite pour contenir autant de personnes à la fois. L'oxygène s'y faisait rare, et Bradley flairait la prolifération des bactéries. Près de l'entrée, il aperçut un distributeur de tickets. Sur le petit bout de papier, il lut : 232. Il scruta la pièce et localisa une colonne fixant un compteur qui venait d'afficher le numéro 156. À côté du distributeur, deux hôtesses assises étaient assaillies par une horde de gens, dossiers et documents en main. Plus loin encore, dans la pénombre, des guichets individuels tenus par d'autres fonctionnaires bordaient le mur du fond de la pièce. Une jeune Africaine portant dans ses bras un enfant somnolent, se tenait en face de Bradley ; elle remarqua la stupéfaction sur son visage.

« C'est comme ça tous les jours, vous savez. Ça ne s'arrange vraiment pas. Je suis si fatiguée d'attendre », dit-elle avec un fort accent africain. Elle esquissa un sourire, mais ses yeux étaient rouges. Elle lui demanda de prendre l'enfant un petit moment, le temps de fouiller dans son sac. Elle en sortit un biscuit qui atterrit droit dans la bouche du bébé. Celui-ci commença à mastiquer sans même ouvrir les yeux.

« C'est la première fois que vous venez ici ? » lui demanda Bradley.

Elle rit de la naïveté de sa question. « Non, c'est la septième ou la huitième fois, peut-être même davantage. À vrai dire j'ai arrêté de compter. Chaque fois ils veulent un autre document, toujours un autre, encore et encore. Tout ça ne finira donc jamais ! » Exaspérée, elle roula des yeux. Bradley aurait aimé aider cette madone de préfecture, mais il aurait aimé aussi en finir au plus vite.

Il se rappela un vieux film en noir et blanc qu'il avait vu une fois, tard le soir à la télévision. Ça se passait en France pendant l'Occupation, et le film montrait des soldats allemands faisant irruption dans un cabaret et demandant aux clients : « Vos papiers ! » Bradley avait trouvé ça hilarant. Comme la plupart des Américains débarquant à l'étranger, il ne comprenait rien à la bureaucratie européenne. Et pour cause. Les Américains n'ont pas de carte d'identité, et changent d'adresse aussi facilement que des nomades d'Asie centrale. Qu'est-ce qu'ils auraient bien pu lui demander au Texas ? « Votre permis de conduire ? » Le seul certificat qu'il ait jamais eu à présenter dans son pays était un faux permis de conduire alors qu'il n'avait que dix-neuf ans, tout ça pour entrer dans un bar et prendre une bière avec des copains.

Bradley se mit à attendre. Il repéra une chaise libre et s'assit avec un soupir de résignation, à côté d'un homme portant une large djellaba orange. Quelques personnes avaient levé leurs paupières engourdies de sommeil pour voir la tête de celui qui venait d'arriver. Elles avaient apparemment passé la plus grande partie de la journée à attendre, et, leur curiosité satisfaite, étaient retournées à leur état de torpeur initial. Une ou deux s'étaient étalées aussi loin que leurs sièges au dossier rigide le leur avaient permis. Les mentons affaissés raclaient les sternums.

Une heure s'écoula, et l'on atteignait à grand-peine le numéro 184. Deux heures après, on traitait la 207e affaire.

Soudain, Bradley entendit crier du bureau des hôtesses des chiffres qui allaient dans les 300. Il se leva d'un bond sur ses deux pieds, réveillant une fois encore les dormeurs à proximité. Perdu, il demanda à l'une des hôtesses à quoi correspondaient ces numéros. Sans même lever les yeux sur lui, elle lui répondit d'un coup sec, comme s'il avait violé quelque règle : « Passeport et numéro ! »

Il se figea. Pourquoi le traitait-elle ainsi ? Était-ce un ordre ? Devait-il obéir ou résister ? Sa piètre maîtrise du français ne lui laissait pas le choix des armes.

« Votre numéro ! » brailla-t-elle, bien plus fort maintenant. Son visage impénétrable ne trahissait aucune compassion.

« Deux cent trente-deux », répondit-il docilement, ayant opté pour l'obéissance. Il lui tendit son passeport, qu'elle prit avec dédain en l'empilant négligemment dans un coin de son bureau.

« Nous avons appelé votre numéro, il y a un bon bout de temps, mais personne n'a répondu, vous devez donc prendre un autre numéro. »

Il venait de comprendre : il existait deux files, une pour accéder aux hôtesses, et l'autre, à laquelle il avait attendu par erreur, pour ceux qui attendaient un guichet, ayant déjà réussi l'exploit de surmonter l'obstacle posé par les hôtesses. C'était parfaitement en vain qu'il avait attendu pendant deux longues heures interminables.

« Mais, ça fait déjà deux jours que j'attends… je veux dire… deux heures. Son français s'emmêlait dans son désarroi.

– Que venez-vous faire ici exactement ? demanda-t-elle, haussant les sourcils. Il avait commis l'erreur de capter son attention, elle saisit l'occasion d'exercer son autorité.

– J'ai besoin d'un permis de travail, d'une carte de séjour, répondit-il prudemment.

– C'est pour quel travail ?

– Directeur de Fabre Frères.

– Connais pas, rétorqua-t-elle. Pourquoi devrions-nous vous accorder une quelconque préférence ? Nous ne manquons pas de Français diplômés en commerce. Ils peuvent faire aussi bien que vous. Vous faites perdre du temps à tout le monde. »

Bradley résista à une irrépressible envie de sauter par-dessus le bureau et de disperser tous les papiers d'un revers de main, de l'envoyer au tapis, de la traiter de conne, de maudire tous ses ancêtres – il n'en fit rien, tétanisé par ces manières brutales et encore handicapé par son français basique.

« Peu importe », dit la femme, toujours sans lever les yeux. Puis le son de sa voix alla *crescendo* à la manière d'une chanteuse d'opéra : « Vous prenez un autre ticket et vous attendez votre tour. Vous êtes peut-être américain, mais pour nous vous n'êtes pas différent des autres. Nous croyons en la démocratie, ici. » Elle adressa un petit sourire dédaigneux à sa collègue qui avait suivi toute la scène avec amusement.

Pour Bradley, ce fut comme une gifle qui résonna à travers toute la pièce. Un océan de paires d'yeux venant des continents les plus opprimés du monde étaient maintenant braqués sur lui, officiellement épinglé comme privilégié du monde capitaliste. Elle venait de le qualifier *d'Américain*, synonyme de malotru, de pédophile, d'adepte du plaisir solitaire. Lui, c'était l'aristo de l'Ancien Régime, et elle, une pétroleuse des Jacobins, veillant au pied de la guillotine que nul n'échappe à la justice expéditive de la jeune République. Des autres miséreux dans la salle, il ne devait espérer aucun signe de compassion. Blottis en masse les uns contre les autres, ils échangèrent simplement des regards entendus, absorbés par le spectacle qu'on leur offrait, celui de quelqu'un encore plus humilié qu'eux par la bureaucratie des Blancs.

Bradley prit acte de sa défaite. Il marmonna quelque chose d'incohérent à l'hôtesse, qui prenait maintenant un air de triomphe absolu. Honteux, il fit demi-tour et sortit discrètement de la pièce, résistant au désir de parcourir les derniers mètres en sprinter olympique.

De retour à Anizy, il se pencha de nouveau sur le casse-tête des coûts salariaux. Il faudrait trouver une solution au problème de l'augmentation aurélienne. D'une nouvelle conversation téléphonique avec Me Lombardi, Bradley conclut qu'on pouvait abroger légalement la « revalorisation » de l'an 2002, mais seulement en théorie. Difficile à dire en fin de compte puisque l'avocat avait l'habitude au cours de la même consultation de dire tout et son contraire : c'est comme s'il se plaisait à jouer le procureur et le défenseur. Il n'aimait pas trop trancher.

« Bien sûr, vous avez le droit d'annuler cette augmentation. Il n'y a pas photo. Mais dans la pratique, c'est autre chose. En France, monsieur Bradley, un employeur peut donner, mais une fois qu'il a donné, il ne reprend pas facilement. Si vous prétextez qu'il s'agissait tout bonnement d'une erreur administrative, vos salariés répondront que c'était à vous en tant que gérant de garantir l'exactitude des comptes et qu'ils ne doivent en aucun cas en subir les conséquences… »

Tout ça était très embrouillé, mais Bradley comprit qu'il faudrait se servir de ce prétexte, sans chercher à obtenir l'impossible restitution des sommes déboursées (comme l'avait pourtant fait Honeywell avec sa prime Healco).

L'avocat continua pendant une bonne quinzaine de minutes sur la question, se contredisant encore plus d'une fois. Bradley essaya de couper court à la consultation téléphonique car il redoutait le montant de la facture du juriste. Effectivement, la note – salée – pour la précédente consultation téléphonique était arrivée, et Bradley n'appréciait guère de devoir payer, en plus de conseils vaseux, le cours d'histoire sociale de Me Lombardi. Depuis son arrivée à Anizy, l'avocat avait trouvé le moyen de lui facturer plus de trois mille euros, alors que Bradley n'avait pas le souvenir d'un seul avis clair et net quant à ses droits et obligations devant la loi.

Il avait l'impression d'errer comme un aveugle dans ce pays, avec les indications occasionnelles d'Aurélie, de M. Paul ou de Jojo quand, selon eux, il allait trop loin. Lors de ses précédentes interventions au nom de H&T, Bradley pouvait à tout moment compter sur les connaissances du service juridique qui connaissait sur le bout des doigts la législation qui s'appliquait dans les cinquante États du pays. Mais même l'Amérique, en dépit de sa décentralisation, avait dix fois moins de lois pour gérer le marché du travail que la France, qui pourtant n'avait qu'une tête : l'État. En tout cas, partout aux États-Unis, l'employeur jouissait d'un droit fondamental, celui du *hire and fire*. Il pouvait embaucher, bien sûr, mais aussi licencier à volonté, sans préavis et sans indemnités, si bon lui semblait. Tout le contraire de la France.

« Tu veux mon avis ? lui demanda Munster au téléphone un soir. Fais ce que tu veux, mais trouve-toi un meilleur avocat que ce Lombardo pour te défendre.

— Lombardi », corrigea Bradley. Cela semblait raisonnable, et c'est vrai qu'il serait bientôt obligé d'agir pour éviter le *statu quo*. Par-dessus tout, Honeywell détestait l'immobilisme.

Mais comment traiter avec le personnel de l'usine ? Par le passé, Bradley avait utilisé une technique assez simple pour impliquer les employés dans ses réformes : il communiquait, faisait semblant d'être lui-même soulagé, affirmait qu'il avait pu éviter le pire et que l'entreprise continuerait à exister, mais qu'il avait besoin de leur soutien pour les économies budgétaires à venir. Cette variante du syndrome de Stockholm, développée par John Gardiner, un consultant en management, dans son bestseller *Friendly Firing*, ou *Licenciement entre amis*, avait beaucoup aidé Bradley à créer une osmose chez Healco où la majorité des salariés, qui s'attendait à garder son poste, l'appuyait discrètement. Diviser pour mieux conquérir, voilà en quelques mots le conseil de Gardiner.

Cette devise en tête, Bradley prit une décision : celle de convoquer les grandes instances du personnel, notamment Aurélie, en tant que déléguée du personnel, M. Paul, Jojo et les autres délégués syndicaux. Il en informa Aurélie et la pria de faire connaître l'heure de la réunion aux autres.

Elle revint après une vingtaine de minutes.

« Selon Jojo, ce n'est pas possible. Il faut que vous donniez un préavis, lui dit-elle.

— Même pour un simple *meeting* ?

— Il faut accorder aux délégués syndicaux un minimum de temps pour fixer leur stratégie. Le code du travail est formel sur ce point, toujours selon Jojo. Il y a aussi la convention collective de la métallurgie… »

Avait-elle ourdi le complot ou agissait-elle en messager ?

Bradley siffla un juron dans sa barbe. Encore une fois, ce maudit code du travail.

« Combien de préavis ? demanda-t-il. Une heure ou deux ?

— Normalement, il faut compter deux semaines. Faut voir avec Jojo. »

Après un coup de téléphone à Me Lombardi, un compromis fut trouvé avec Jojo : la réunion serait officieuse. Elle aurait lieu pendant les heures de travail, bien sûr, et les autres employés, ceux qui ne faisaient pas partie des convoqués, chômeraient (avec paie) pendant ce temps.

La dernière condition fut pour Bradley comme un coup de bambou.

« Ils m'obligent à négocier pour avoir le droit de négocier », pensa-t-il. Mais le temps lui manquait. Il fallait agir, et il donna son accord.

Aurélie prépara la grande table dans le bureau de Bradley : une nappe en feutre vert, des bouteilles d'eau minérale devant chaque chaise, exactement comme dans les pourparlers entre gouvernement, syndicats et patronat qu'il voyait presque tous les jours à la télévision.

L'air combatif, les délégués entrèrent un par un, serrant la main de Bradley. Aurélie avait mis les noms des participants sur des cartons ; chacun prit sa place désignée. La solennité de cette séance frappa Bradley, qui prit la parole en premier…

Jojo la lui coupa, dès les premières syllabes.

« Je tiens à vous rappeler, monsieur Bradley, que ces assises sont tout à fait sans valeur juridique. Cela dit, je trouve que le moment est bien choisi pour réitérer les positions de la Cégété… »

Jojo s'éternisa pendant un quart d'heure. Ce gars était un véritable rival pour Lombardi. Il faudrait à tout prix éviter qu'ils se rencontrent. Mais Bradley jugea bon de laisser s'expliquer le syndicaliste et s'apprêtait à noter les propositions de Jojo sur un bout de papier.

Mais celui-ci s'exprimait dans des termes très vagues, parlant d'« un avenir plus lisible » pour les salariés et de « plus de protection et de sécurité de l'emploi ». Tout cela n'avait pas beaucoup de sens pour Bradley, qui voulait plutôt savoir comment faire pour que l'entreprise fasse des bénéfices. Sur ce point, Jojo resta muet, et lorsque le syndicaliste eut terminé son laïus, le papier de Bradley était toujours vierge.

Bradley se lança :

« Merci, monsieur Delaneau. Je vous ai écouté attentivement, et je crois que le moment est venu de vous annoncer que malheureusement, Fabre Frères continue de connaître un déficit de plus d'un demi-million d'euros par an. »

Tout l'auditoire prit l'air abattu, comme si Bradley avait commis une faute de goût en abordant un sujet tabou : les chiffres. Silence dans la salle.

« Ça représente combien tout ça ? demandèrent M. Paul et Jojo à Aurélie. Ce type n'avait encore pas idée de la valeur de l'euro.

— Trois cents briques et des poussières », répondit-elle.

Bradley reprit la parole, bien déterminé cette fois à dire ce qu'il avait à dire. Mais Jojo, la somme en question digérée, passa de nouveau à l'attaque.

« Vous voulez savoir ce qu'on en pense, nous ? L'administration de Fabre Frères devrait sérieusement prendre ses responsabilités, pour une fois, dit Jojo.

— C'est-à-dire ? » demanda Bradley. C'était une formule imprécise qu'il avait déjà entendue à maintes reprises auparavant : « prendre ses responsabilités ».

« Les mots parlent d'eux-mêmes, monsieur Bradley, il n'y a rien à ajouter à cela », répondit Jojo.

Une chose était claire : l'estimation des pertes de Fabre Frères n'avait pas vraiment eu l'effet foudroyant escompté. Des paires d'yeux le fixaient sans comprendre, comme s'il parlait de l'actualité au Zimbabwe. Ne pouvaient-ils pas se mettre dans la tête qu'ils étaient partie prenante dans l'affaire et que les pertes financières n'étaient pas uniquement un souci patronal ?

Bradley continua bravement, mais on lui coupait la parole toutes les dix secondes. Le personnel s'opposa farouchement à chaque proposition de réforme. Lorsqu'il mit en avant des horaires plus flexibles, Jojo évoqua l'article 212-6. Ce type était capable de citer des extraits entiers du code du travail, comme l'aurait fait un prédicateur avec le Nouveau Testament ! Mais l'Américain, plus déterminé que jamais, les avertit d'une fermeture éventuelle du site si les pertes se poursuivaient.

« C'est du chantage ! » crièrent Aurélie, Jojo et les autres à l'unisson.

Bradley s'étouffa : « Quand vous menacez de tout arrêter en faisant grève, cela est très admissible. Mais quand je vous préviens qu'on sera obligé de fermer si on ne produit pas, vous appelez ça un chantage…

— Écoutez, on est payé pour venir ici tous les jours, protesta un des délégués. Bon, ça je veux bien. Mais si vous voulez qu'on travaille en plus… »

Tout le monde rit, sauf Bradley, qui évoqua l'augmentation de 2002, et proposa de l'annuler purement et simplement.

Jojo se leva comme si son siège avait pris feu.

« Monsieur Bradley, on est venu ici vous parler sérieusement. Si vous insistez pour faire des plaisanteries de ce genre, nous on préfère retourner à nos machines, n'est-ce pas les gars ?

— Oui !! »

Bradley se sentit complètement submergé. Cette discussion ne menait nulle part. Il avait pris des notes sur les sujets qu'il devait aborder, mais il n'était même pas parvenu à finir une seule de ses phrases depuis le début de la réunion. Par-dessus le marché, il distinguait de moins en moins ses interlocuteurs, cachés dans les colonnes de fumée qui montaient vers le plafond — tous s'étaient mis à cloper comme des pompiers.

Blasé, Bradley reprit sur un autre registre.

« Dans ce cas, la direction pourrait être obligée d'envisager une réduction des coûts de personnel par d'autres moyens... »

Encore une fois, Jojo se leva promptement.

« Un plan social ne nous mènerait à rien ! Et j'ai la preuve de ce que j'avance, déclara le syndicaliste.

— La preuve ? Mais quelle preuve ? demanda Bradley. Allait-il enfin savoir quelles solutions les syndicats comptaient apporter ?

— C'est simple. Nous avons connu un plan social voilà six ans, et selon vous l'usine est toujours déficitaire. C'est bien la preuve que ça ne marche pas. Un deuxième plan social ne ferait qu'aggraver les choses... »

Bradley dut s'avouer que cette analyse avait sa logique. Mais que proposaient les syndicats pour enrayer les déficits ?

Jojo répondit à la question sans y répondre. Dans une langue de bois que Bradley identifiait désormais comme le moyen d'expression naturelle des cartésiens, le syndicaliste enchaîna des formules, telles que « notre combat » et « notre vision de Fabre Frères », sans à aucun moment les traduire en chiffres. Pourquoi était-il impossible de convaincre les Français de parler concret ? La réunion s'éternisait depuis presque une heure, et Bradley attendait toujours les premiers chiffres de ses interlocuteurs. C'était pire qu'une conférence de presse à la Maison Blanche.

« Nous avons déjà fait suffisamment de sacrifices la dernière fois en termes de licenciements, s'écria Jojo pour finir. Maintenant, c'est au tour de la direction de s'investir. »

Bradley, abasourdi, faillit tomber à la renverse. Étaient-ils tous devenus fous ? Honeywell, faire des sacrifices ? Que croyaient-ils donc, que H&T avait repris Fabre Frères par pure philanthropie ? Bradley eut envie de les secouer pour les faire tomber de leur petit nuage, leur dire qu'on était au XXIᵉ siècle ! Mais il fit plutôt appel à ses qualités de diplomate.

« Je prends note de ce que vous m'avez dit, et je le respecte, mais j'ai bien peur que la situation actuelle du marché ne permette pas à H&T de financer Fabre Frères indéfiniment…

— Tout ça parce que votre seul but, c'est d'enrichir vos actionnaires aux dépens de petits travailleurs comme nous ! » objecta le représentant de la CFDT. Bradley fut scotché d'entendre le mot

« actionnaires » pris dans un sens péjoratif : aux États-Unis, on les respectait autant que les vaches en Inde ou les affineurs de fromage en France.

Il lança sa dernière idée (sans citer l'auteur de cette théorie) : payer les employés de Fabre Frères sur la base de leur rendement, une réforme susceptible d'assurer « un maximum de prospérité à l'employeur et à l'employé ».

Suivit un silence de mort ; et Jojo prit la parole.

« Monsieur Bradley, c'est peut-être votre accent américain, mais nous avons cru comprendre que vous vouliez nous payer en fonction du rendement de Fabre Frères.

— C'est exact, monsieur Delaneau. Accompagné, bien entendu, d'un programme de participation… »

Bradley ne put finir sa phrase. Un, deux, puis tout le monde se mit debout, le poing en l'air, pour scander « Grève ! grève ! »

La réunion dégénérait.

« On n'est pas des salariés Kleenex ! lança Jojo.

— Faut pas prendre les gens pour des moins que rien ! cria un autre.

— Le chantage ne passera pas !! » hurlaient Jojo et Aurélie. Ils se mirent tous à scander à l'unisson « Pas de chantage ! Pas de chantage ! »

Tous, sauf Bradley qui prit la fuite, pour se mettre à l'abri derrière son bureau.

7

Le lendemain matin, en se rendant à l'usine, Bradley constata que la grève ne se cantonnait pas à Fabre Frères : engageant son véhicule dans la rue principale du centre-ville, il sentit les regards des piétons braqués sur lui, hostiles. La quasi-totalité des commerces étaient fermés et les vitrines barrées de slogans : « Solidarité » et « Anizy doit vivre ». Sur la vitrine de la boucherie, il était inscrit en grosses lettres blanches « Halte au dégraissage ! »

Bradley se gara devant l'un des rares magasins ouverts en ce jour de grève : la maison de la presse, dont la devanture avait été recouverte d'une pancarte « À bas la mondialisation ». Bradley était à peine sorti de sa voiture que M. Jacques se précipita vers lui, se postant avec détermination devant l'entrée du magasin.

« Désolé, monsieur Bradley, mais vous comprenez que je ne peux pas vous ouvrir aujourd'hui, par simple décence vis-à-vis de mes camarades. Je suis de tout cœur avec les grévistes. C'est mon devoir. Je suis né ici vous savez.

« – Mais vous vendez aux autres clients ! protesta Bradley, indiquant de la main deux personnes, le visage fermé, qui payaient leur journal à la caisse.

– Droit à l'information, monsieur Bradley ! Ils ont besoin d'être au courant. Ils comptent sur moi. C'est bien normal, non ? » M. Jacques prit les accents d'un défenseur des droits de l'homme.

Mais lorsque Bradley, privé de son journal, fit demi-tour pour regagner sa voiture, le marchand ajouta à voix basse : « Revenez tout de même quand tout ça sera fini... »

Bradley arriva à l'usine une demi-heure en avance, mais les piquets de grève étaient déjà sur place. Tiens, dès qu'il s'agissait de protester, curieusement, tout le monde était à l'heure. Un groupe de cinq ouvriers brandissant des pancartes « Dégraissage, non ! » se tenaient devant la grille, toisant Bradley qui ralentissait au volant de sa voiture pour entrer au parking. Deux d'entre eux buvaient un café, gobelet de plastique blanc à la main.

Au milieu de la cour intérieure, ils étaient encore plus nombreux, palabrant autour de Jojo qui interrompit le conciliabule lorsqu'il repéra la voiture de Bradley et, d'un pas décidé, s'avança vers lui.

« Comme vous pouvez le constater, le personnel de Fabre Frères est unanime », déclara-t-il avec assurance. Campé sur le bitume, bras croisés, il paraissait vissé au sol, comme s'il avait le monopole de l'usine tout entière. Il aurait pu être l'héroïque Gaulois résistant devant l'envahisseur romain.

« Unanime à propos de quoi ? demanda Bradley. Ma position reste la même : je ne peux rien faire pour vous si vous ne m'aidez pas à remettre l'entreprise sur pied. On est tous dans le même bateau, j'espère que c'est bien clair. » Il se rappela le conseil de Fabre de Beauvais : « pas de concessions ». Cette devise avait-elle vraiment assuré le succès de l'entreprise familiale ?

« Dans le même bateau ? Non mais vous plaisantez ! répliqua Jojo, entouré d'un petit groupe d'ouvriers, captivés par la scène. Honeywell et Thomas n'a qu'un souhait : nous presser comme des citrons jusqu'au dernier centime de bénéfice ! »

Bradley marchait vers son bureau quand un groupe d'ouvriers déboulant des ateliers entreprirent d'ériger un bûcher, cageots d'emballage sous le bras. Bradley aperçut également deux voitures et une camionnette devant l'entrée, d'où surgissaient quelques femmes d'ouvriers, les bras chargés de thermos de café, de bouteilles d'eau et de vin ainsi que de quelques provisions pour le déjeuner.

La journée allait être longue.

Une fois dans son bureau, Bradley alluma l'ordinateur et, comme il en avait l'habitude, vérifia ses messages de Dallas. Aucun message. Dans une journée normale, ça l'aurait déprimé d'être ainsi abandonné de tous, oublié dans cette contrée lointaine et ingrate dont les habitants le menaçaient sans relâche. Mais aujourd'hui, il préférait se faire oublier et ne pas mettre Dallas au courant de ce début de grève au sein de Fabre Frères. La presse internationale ne prêterait qu'une attention réduite à l'arrêt de travail d'une petite usine perdue au fin fond de la Picardie. À moins que Bradley n'en fasse part à H&T, ses collègues américains n'en sauraient absolument rien. Et c'était très bien ainsi.

Quelques minutes plus tard, M. Paul arriva à l'usine, comme si de rien n'était. La vraie surprise pourtant fut la présence d'Aurélie. Elle débarqua dans sa Renault, comme d'habitude, et la gara dans la cour. Elle se mit ensuite à discuter avec Jojo et les grévistes, sous l'œil curieux de Bradley qui ne manquait pas d'observer le spectacle de temps en temps par la fenêtre. Il tendait l'oreille pour essayer de capter des bribes de conversation, mais ne parvint à saisir que quelques expressions, telles que « c'est ce qu'on verra » ou encore « à qui le dis-tu ? »

Elle quitta ensuite le groupe des grévistes et se dirigea vers son bureau, à la grande perplexité de Bradley.

Il laissa passer quelques minutes avant d'aller la voir.

« Vous ne faites pas grève avec les autres ? lança-t-il. Ces derniers jours, il s'adressait à elle avec des pincettes.

— Bien sûr que je fais grève, plus que jamais ! répondit-elle. Je vais rejoindre les autres, mais je dois d'abord finir quelques trucs comme les déclarations de l'Urssaf… » Il décida de la laisser travailler.

Il se promena ensuite aux abords de l'atelier, qui n'était pas aussi désert que prévu. Lemoine, un des ouvriers qui maniait la scie rotative, vint lui serrer la main, revêtu de son traditionnel short. Bradley frappa ensuite à la porte du service des expéditions et entra. Il y trouva Marie-Claire qui se coiffait devant un petit miroir posé sur le bureau, et Jean, assis, qui regardait les mouches voler, l'air ailleurs, post coïtal. Il avait les cheveux en nid d'oiseau.

À chaque fois qu'il venait dans ce service, Bradley avait l'impression de déranger.

« Vous travaillez aujourd'hui ? leur demanda-t-il.

— Comme tous les jours, monsieur Bradley, sauf qu'il n'y a rien à expédier, pour cause de grève, bien sûr, répondit Marie-Claire.

— Évidemment », répondit Bradley avant de refermer la porte délicatement, comme il l'aurait fait pour une chambre à coucher.

Il était bientôt l'heure du déjeuner. Tandis que Bradley quittait l'usine pour aller grignoter quelque chose dans le coin, il vit que les grévistes préparaient leur propre repas autour d'un immense feu. Ils faisaient griller des saucisses, ça puait le graillon.

Jojo avait l'air gêné. « Vous comprenez, normalement, on vous inviterait bien à prendre quelque chose, mais là… »

Bradley acquiesça d'un geste de la main. Il marcha jusqu'au centre-ville, d'un pas rapide, en rêvant à son omelette aux pommes de terre, mais trouva le café des Sportifs fermé. Il acheta un sandwich sous plastique au Mini-Champion de la place du Général-De-Gaulle, le mangea et se rinça l'estomac avec une rasade de Sprite, le tout sur un des bancs du jardinet en face de l'église. Ce petit coin de verdure était le point culminant d'Anizy. En contrebas, on apercevait quelques rues, maisons et potagers. Tout de suite après, sans transition, c'était la campagne. Tout ça semblait si loin du tumulte de Fabre Frères.

107

De retour à l'usine, il remarqua tout de suite que la grève avait pris de l'ampleur et comptait de nouveaux adhérents. La pause déjeuner y était sûrement pour quelque chose, des riverains s'étaient joints à la foule. Parmi eux, se trouvaient M. Jacques, quelques gendarmes du coin et le cuisinier africain du café des Sportifs, ce qui expliquait pourquoi il avait trouvé porte close.

La grève avait pris des allures plus festives et alcoolisées. Des bouteilles de vin rouge passaient de main en main, et des cadavres de bouteilles s'entassaient contre le mur. Bradley constata avec stupeur que les grévistes s'étaient radicalisés, brûlant une effigie et transformant leur feu de camp en feu de joie. En y regardant de plus près, il vit que le pantin de paille, habillé pour l'occasion, était censé le représenter – il portait un chapeau marqué « dégraisseur ». Mais ce qui choqua surtout Bradley fut le fauteuil : ils avaient assis l'épouvantail sur son propre fauteuil de bureau !

« Vous allez trop loin ! » cria-t-il, se précipitant vers le feu de joie.

Les grévistes entonnèrent alors un « Hé, Oh ! » collectif.

« Regardez qui vient se plaindre ! » hurla l'un d'eux.

Il était encore temps de retirer le fauteuil des flammes, seul un des trois pieds en acier avait eu le temps de noircir. Il saisit le dossier du fauteuil à pleines mains, le tira de toutes ses forces et parvint à le sortir du feu. L'effigie, à demi carbonisée, tomba sur les pavés de la cour. Au même instant, l'émeute éclata : il sentit un bras musclé lui saisir le bras gauche et un autre le tirer en arrière par la ceinture. Bradley essaya de se retourner, mais se retrouva nez à nez avec Jojo.

« Vous n'avez pas le droit ! Pas le droit, vous entendez ! lui cria le chef syndicaliste.

— Mais lâchez-moi, voyons ! » lui répondit Bradley, même si ce n'était pas Jojo qui le tirait. Il ne voyait pas qui c'était, mais se débattait pour essayer de se libérer. Pendant ce temps-là, le fauteuil de bureau roula sur le côté, répandant çà et là quelques bûches en flammes. Une femme, probablement l'épouse d'un des employés, reçut des morceaux de braise sur le bras et poussa un cri. Un des ouvriers qui faisait rôtir sa saucisse se lança dans une danse de Saint-Guy en hurlant des « Aïe, aïe, aïe ! »

On finit par lâcher la ceinture de Bradley ; il bascula en avant comme un boulet projeté d'un canon, renversa malencontreusement Jojo dans son élan, qui cria avant de tomber en arrière sur les pavés, dans un bruit sourd.

Tous les grévistes se rassemblèrent autour de Jojo, en silence. Bradley, enfin libéré, leva la tête pour regarder ce qui s'était passé. Était-ce illégal de renverser un délégué syndical, même par mégarde ?

Il comprit ensuite pourquoi tout le monde regardait Jojo sans mot dire : le bonnet tricoté de Jojo Delaneau, qu'il portait quotidiennement, était tombé de sa tête dans la bousculade. Il gisait à quelques pas de là, sur les pavés. Et tous fixaient ce crâne qu'ils découvraient pour la première fois, aussi chauve qu'un œuf, avec une tache de vin sur le côté gauche, étrangement hexagonale, comme une carte de France. Bradley se demanda si ce n'était pas un tatouage.

Le Jojo, un peu groggy, bougea lentement, lutta pour se relever et réalisa soudain qu'il lui manquait quelque chose. Il posa la main sur sa tête, tâtant anxieusement pour trouver son bonnet.

« Tiens, le voilà », dit un des employés, portant le bonnet avec respect entre ses deux mains.

Étonné, Jojo fixa le bonnet un instant, se tâta le crâne à nouveau, et se retourna vers Bradley.

« Vous venez de m'agresser ! C'est une entrave au droit de grève ! Vous allez nous payer ça ! éructa Jojo.

– C'était un accident, je n'ai agressé personne ! bafouilla Bradley. Par contre, vous, vous m'avez volé mon fauteuil, dans mon propre bureau… » Il saisit son fauteuil par le dossier et le transporta à travers toute la cour, sous les yeux des grévistes. Un sillon de fumée s'échappant du fauteuil noirci le suivait.

Pendant les heures qui suivirent, Bradley s'efforça de rester concentré sur ses dossiers malgré la cacophonie dans la cour intérieure.

« Dégraisseurs au poteau ! Dégraisseurs au poteau ! » devint la nouvelle rengaine, scandée à pleine gorge par les grévistes. Bradley crut distinguer les voix de Jojo et d'Aurélie, s'égosillant encore plus fort que leurs collègues. Il imagina ce que Louis XVI avait dû ressentir.

De temps à autre, il se rapprochait de la fenêtre et observait la scène, prenant grand soin de ne pas être vu par les employés. Inutile de rajouter de l'huile sur le feu. Quant à son siège de bureau, il était bel et bien irrécupérable. Le revêtement imitation cuir était brûlé par endroits, laissant apparaître la carcasse de bois de l'assise, également endommagée par les flammes. Bradley le remisa dans un coin de son bureau, avec une infinie précaution de peur qu'il ne se scinde en deux. C'est ainsi qu'il troqua son confortable fauteuil de directeur contre une rudimentaire chaise en bois, digne d'un écolier des années quarante.

Alors que la journée touchait à sa fin sur fond de vacarme de grévistes, le téléphone sonna.

« Jonathan Bradley ? Bonjour, ici Juanita Perez, de Dallas. Comment allez-vous ? »

Dallas ! Pris de panique, Bradley sentit sa gorge se réduire à la largeur d'une paille. Il n'arrivait plus à déglutir ni à articuler.

« M. Honeywell et moi souhaiterions parler un peu avec vous. Il est dans son bureau actuellement. Veuillez rester en ligne pendant que nous nous connectons sur le serveur de réunion téléphonique. »

Les doigts de Bradley, pâles d'angoisse, se crispèrent sur le combiné. Si jamais ses collègues de H&T découvraient le pot aux roses, il pouvait dire adieu au monde du management, d'autant qu'on n'avait jamais entendu parler d'un arrêt de travail chez H&T. Pas une seule fois. Allait-il devenir le tout premier gestionnaire de Dallas responsable d'une grève ?

« Allô ? Qui est à l'appareil ? »

Il reconnut immédiatement la voix bourrue et le ton plus que direct de Honeywell.

« C'est Jonathan Bradley, monsieur. Il est en France, coupa Mlle Perez.

— Oui, bonjour monsieur, ici Jonathan Bradley.

— Ah oui, Bradley… Alors, fiston, comment vont les choses en France ? Mlle Perez m'a dit que vous étiez sur le point de nous faire parvenir un rapport.

— Oui, monsieur, c'est tout à fait exact. »

Tandis que la réunion téléphonique se poursuivait, le brouhaha des ouvriers se transforma en un véritable tapage, avec en prime un nouveau refrain scandé par Jojo et ses camarades :

« Honeywell au poteau ! Honeywell au poteau ! »

Les grévistes étaient-ils télépathes au point de deviner qui Bradley avait en ligne ? Ils semblaient pousser à bout leurs cordes vocales, hurlant toujours plus fort, comme si leur seul objectif était que Dallas les entende.

La fenêtre ! Elle était restée entrouverte. Bradley, qui ne pouvait quitter son téléphone, parvint à la refermer d'un coup de pied, tel un danseur étoile en plein apprentissage du grand écart.

Honeywell insistait lourdement sur le rapport que devait envoyer Bradley. Le document devait impérativement contenir des données précises et chiffrées ainsi qu'un planning. Après quelques longues minutes de monologue, le *boss* s'arrêta net.

112

« J'ai l'impression d'entendre un bruit de fond… On dirait des voix qui chantent à l'unisson. Pouvez-vous me dire ce qui se passe chez vous ? »

Bradley fut saisi de sueurs froides, perlant sur son front et au creux de ses reins. Son col de chemise l'empêchait de respirer, comme un garrot. Il devait absolument trouver une réponse crédible. Tout sauf « Oh, ça ? Eh bien, c'est juste la toute première grève de l'histoire du groupe H&T. Sinon, tout va bien. »

« Oui, monsieur, ce sont effectivement des chansons que vous entendez. C'est le chœur des ouvriers. Des chants traditionnels de la Picardie, déclara Bradley.

– Foutaises ! J'ai bien entendu mon nom…

– En effet, monsieur Honeywell. Ils ont chanté l'équivalent en français de *Honeywell, our hero*. Ces hommes et femmes vous respectent, vous savez… » C'était trop gros, mais autant aller jusqu'au bout, calcula Bradley. Et puis, il ne faut jamais sous-estimer l'ego d'un patron américain.

« Mais comment cela se fait-il qu'on chante pendant les heures de service ? » demanda sèchement le PDG, encore dubitatif.

Merde ! Toute sa carrière chez H&T prenait feu. Il fallait trouver quelque chose.

« Euh, enfin… c'est-à-dire qu'ils ont fait des heures supplémentaires, non rémunérées bien sûr. En compensation, ils ont le droit de répéter avant de rentrer chez eux. D'ailleurs, je trouve que c'est excellent pour l'esprit d'équipe, monsieur Honeywell...

— Ah, d'accord. C'est très bien, mon petit Bradley. Continuez comme ça. Il faut que ces gens-là apprennent ce que c'est que de travailler à l'américaine. »

Bradley se remettait tout juste du coup de téléphone surprise quand M. Paul, secondé par deux gendarmes, fit irruption dans son bureau. Il reconnut l'un d'entre eux, invité au casse-dalle populaire, quelques heures auparavant.

« Ces messieurs veulent vous voir », annonça M. Paul.

Le plus petit des deux, un homme trapu, s'avança légèrement et se présenta, sans tendre la main à Bradley, qui comprit immédiatement que c'était sérieux. Les Français étaient les champions mondiaux du serrage de main ; c'était donc sérieux.

« Monsieur Bradley, je vous informe qu'une plainte pour entrave au comité d'entreprise de Fabre Frères a été déposée contre vous.

— Entrave ? répondit Bradley, stupéfait. Il aurait voulu chercher ce terme dans son dictionnaire.

— Oui, monsieur, vous devez nous suivre. »

Bradley se leva, prêt à s'exécuter lorsque Aurélie déboula. Elle se présenta et invita les deux gendarmes à la suivre dans son bureau. Bradley était en pleine confusion mentale mais M. Paul lui fit signe de patienter quelques instants. Voilà ce à quoi il était réduit : attendre comme un élève fautif que le conseil de discipline se termine.

Un quart d'heure plus tard, les gendarmes avaient quitté l'usine et M. Paul, accompagné d'Aurélie, rejoignait Bradley.

« Alors ? demanda Bradley à la jeune femme.

— Ils ont décidé d'en discuter entre eux, à la gendarmerie. Ils vous demanderont peut-être de répondre à quelques questions. On verra bien.

— Mais, c'est grave d'être accusé d'entrave au comité d'entreprise ?

— Oui, ça peut être assez grave, en effet. Au début, les grévistes voulaient vous accuser d'entrave au droit de grève, mais les gendarmes trouvaient ça trop vague. Ils ont trouvé un compromis en choisissant entrave au CE.

— À cause de la bousculade avec Jojo ?

— Oui, mais ce n'est pas la seule raison. On vous a vu à l'atelier de production. Vous demandiez aux ouvriers s'ils avaient l'intention de faire grève. Le syndicat de Jojo n'était pas tout seul à vouloir que les gendarmes interviennent.

— C'est un crime de demander aux employés s'ils comptent travailler ?

— Ça peut être interprété comme une sorte d'intimidation ou de dissuasion. »

Bradley ne tenait presque plus sur ses jambes. La place réservée au patron français – le pilori – l'horrifiait. Tout cela avait-il un rapport avec la prise de la Bastille ?

« Mais les gendarmes viennent de repartir sans moi. Qu'est-ce que vous leur avez dit ?

— C'est très simple. Je leur ai dit que j'étais présidente du CE. Sans mon témoignage, difficile de vous mettre en examen…

— Merci, dit Bradley, presque machinalement. Il fut lui-même surpris d'avoir à remercier Aurélie pour quoi que ce soit, elle qui l'avait tellement embêté.

— C'est normal », répondit-elle, évitant le regard de Bradley. Et elle se retira.

À la fin de cette longue et tumultueuse journée, les grévistes désertèrent la cour pour rentrer chez eux, aphones. Seules les traces noirâtres du bûcher, ainsi que quelques bouteilles vides, restaient sur le pavé, vestiges de la bataille.

De sa fenêtre, Bradley regarda M. Paul partir. Il scruta l'atelier vide. Il ne restait que la voiture d'Aurélie dans la cour, non loin de la sienne.

Elle tapotait sur son clavier. Il la voyait de dos et la regarda pendant de longues minutes. Dans la lumière tamisée, elle lui paraissait plus attirante que jamais.

« Vous ne faites plus grève ? » dit-il en s'approchant de sa porte.

Elle sursauta.

« Si, mais bon, il y avait quelques petites choses à régler… dans les factures… des impayés, quoi. Pour demain. Ce n'est pas la peine de le dire aux autres… »

Elle bafouilla un peu – Bradley crut possibles les prémices d'une complicité syndicaliste/patron.

« Ça peut attendre si vous avez quelque chose ce soir, lui dit-il.

– Non, ça va, je n'ai rien…

– Moi, non plus », dit-il, un peu trop directement.

Une valse hésitation s'ensuivit. Ils se regardèrent, un peu gênés…

Une pancarte de gréviste, qu'elle avait posée contre son bureau, glissa par terre, et ils se baissèrent tous les deux dans un même élan pour la ramasser, se cognèrent la tête – un moment d'ambiguïté furtif.

En se relevant, Aurélie fit tomber un livre de poche sur le bord de son bureau : Proust, un auteur dont Bradley avait vaguement entendu parler.

« Vous aimez Proust ?

– Euh… Vous voulez dire Michel Proust ? » demanda-t-il. À peine les mots étaient-ils sortis de sa bouche que Bradley sut qu'il s'était trompé, mais il était trop tard.

« Michel ? *Marcel* Proust ! *Marcel* ! » Et elle éclata d'un rire moqueur.

Bradley fut terriblement gêné et aurait voulu se cacher sous la table. Comment pourrait-elle un jour le respecter ? C'était un peu comme si un Américain ne se rappelait pas le prénom de Washington [1].

« En fait je n'ai jamais rien lu de lui, dit-il sincèrement.

1. George.

– C'est pas vrai ? ! » dit Aurélie encore plus stupéfaite. Si Bradley avait confessé qu'il n'avait jamais bu une goutte d'alcool de sa vie, sa stupéfaction n'aurait pas été plus grande. Déjà qu'elle semblait le considérer comme une créature exotique, mais qu'il n'ait jamais lu Proust l'enfonçait encore davantage.

Aurélie lui tendit le livre, il lut le titre : *Le Côté de Guermantes.*

« C'est un prêt, dit-elle. Vous devez le lire. Rien que pour la beauté du style, ces phrases sinueuses. Sinon vous ne comprendrez jamais l'esthétique française. »

Elle l'embrassa sur les deux joues, comme Mme Letourneau, lui dit au revoir et sortit. Il entendit alors sa voiture quitter le parking, avec un léger crissement de pneus. Étaient-ils amis maintenant, même s'il n'avait pas su le prénom de Proust ?

Stupéfait, il ne bougea pas d'un iota, serrant dans la main le livre de Marcel.

8

Bradley était sonné par sa première expérience de conflit social : la violence (même si elle fut accidentelle) et l'altercation avec la police lui trottaient dans la tête, comme une équation qu'il ne parvenait pas à résoudre. Il ressentait une légère excitation, celle qu'éprouvent les soldats qui reviennent indemnes d'une bataille en première ligne. Il se sentait comme un courageux allié d'outre-Atlantique, débarqué sur une plage de Normandie, ou comme un GI ayant combattu au Vietnam ou en Irak, sans avoir été touché une seule fois. Un miraculé qui pouvait témoigner.

Il se sentit presque reconnaissant aux Français de lui avoir offert de connaître sa première grève – un truc inouï pour un Américain même centenaire.

Il aurait très volontiers fait part de cette expérience à un de ses compatriotes, mais cela s'avérait complètement inutile car aucun Américain, pas même de sa famille ou de ses amis, ne comprendrait ce qu'était une grève. Bradley se souvenait tout juste d'un événement survenu pendant sa jeunesse : des contrôleurs aériens avaient entrepris de suspendre leur activité au nom de leurs revendications, mais le président Reagan les avait tous virés, approuvé par le peuple. En tout cas, il était absolument hors de question de parler de la grève de Fabre Frères à Munster, qui aurait tout déballé chez H&T.

Cet épisode permit tout de même à Bradley d'observer la propension des ouvriers français à s'insurger au moindre problème, contrairement à leurs dociles homologues américains. Il songea à Jojo, véritable Docteur Jekyl et Mister Hyde des relations patronat-salariés. Tenace au travail et cordial en privé. Comment deux personnes si différentes pouvaient-elles habiter le même corps ?

Curieusement, la grève de Fabre Frères n'avait pas fait la une du *Républicain picard*. Seules quelques lignes y faisaient référence, à la fin d'un assez long article sur d'autres « actions collectives », bien plus importantes, qui avaient eu lieu le même jour. En Île-de-France et en Picardie, des milliers de banlieusards n'avaient pas pu se rendre à leur travail à cause d'une grève régionale de la SNCF. Dans la région d'Amiens, les facteurs avaient manifesté pendant toute la matinée pour protester contre la réduction des heures d'ouverture des bureaux de poste dans les petites communes, et des chauffeurs routiers avaient bloqué la circulation sur toutes les autoroutes du département pour lutter contre la hausse du prix du gasoil. Tous ces grévistes attendaient que le gouvernement agisse et exauce leurs souhaits.

En fait, tous ceux qui travaillaient semblaient vouloir que le gouvernement fasse quelque chose — tout d'ailleurs, sauf peut-être la cuisine et le ménage.

Toute la Gaule était absorbée dans ses revendications, un mot que Bradley n'avait pas appris aux cours de Miss Bennett mais qu'il avait immédiatement compris dès son arrivée dans le monde de l'entreprise française.

Comparée aux grandes grèves, celle de Fabre Frères, petite entreprise privée fabriquant des robinets au fin fond de la Picardie, ne représentait pas grand-chose. Bradley était même un peu déçu, bien que la dernière chose dont il eut besoin, c'était que Dallas soit au courant. L'événement avait fait si peu de bruit en dehors d'Anizy que Bradley se mit à réfléchir à la place qu'il occupait dans l'univers. Une toute petite place. Pour l'instant, il était à la tête d'une minuscule usine au bord de la faillite. Rien de sensationnel ni de glorieux.

Au moins, la grève terminée, personne ne semblait lui en vouloir à Anizy. À la maison de la presse, M. Jacques lui indiqua avec obligeance que le dernier numéro de *Tricot Prestige* venait juste d'arriver. Bradley était bien obligé de l'acheter, pour l'envoyer à sa mère censée être devenue une folle de la maille. En revanche M. Jacques n'avait pas pu commander le livre de Catton en anglais, Bradley se résolut donc à l'acheter sur Internet.

À la fin de la semaine, il fit de nouveau une bien étrange découverte. En dépit d'une journée complète de grève sous la houlette de Jojo, la

121

production de Fabre Frères demeurait plus ou moins identique à celle des autres semaines. Une commande de mitigeurs chromés destinée à la Hollande fut enfin remplie et acheminée par camion, après des semaines de sous-régime. Bizarre. Soit les ouvriers avaient mis les bouchées doubles pour rattraper la journée de grève, soit le taux de production chez Fabre Frères était si bas que même une cessation de travail ne changeait pas grand-chose. C'était probablement un peu des deux.

Par ailleurs, Bradley nota une certaine sérénité chez ses employés le jour où le travail reprit à l'usine. Très tôt le matin, on avait nettoyé la tache noirâtre laissée par le bûcher en plein milieu de la cour, on avait jeté les bouteilles vides et quelques ouvriers reprirent même le travail avec enthousiasme. Les grèves en France avaient-elles un effet thérapeutique ?

Bradley était curieux de savoir ce que M. Paul pouvait bien penser de tout cela.

« Si les ouvriers veulent un meilleur salaire, alors pourquoi ne travaillent-ils pas plus dur pour que leur entreprise fasse davantage de profit ? N'est-ce pas mieux que de quémander en faisant grève ? » questionna Bradley.

M. Paul, manifestement enchanté qu'on lui demande son avis, tira une longue bouffée de sa pipe avant de répondre. Les volutes de fumée rendaient ses mots plus lourds, plus impérieux.

« Tout d'abord, les employés comme Jojo, ceux qui travaillent à l'atelier, ne deviendront jamais patrons. C'est impossible et ils le savent. De toute

122

façon, ce n'est pas ça leur rêve. Ils n'y pensent même pas. En France, les ouvriers ne raisonnent pas comme ça, vous savez. Notre ascenseur social, c'est l'école, quoique maintenant, les choses ont bien changé… Bref, ils appartiendront à la classe ouvrière toute leur vie car ils n'ont pas ou peu fait d'études. Peut-être que chez vous, aux États-Unis, ils seraient en train de trimer plus dur que leur voisin pour montrer à la direction ce qu'ils ont dans le ventre, pour décrocher un meilleur poste ou une augmentation. Mais ici, en France, rien ne vaut l'action collective… »

Subjugué, Bradley écoutait M. Paul en silence. Au moins ici, il n'aurait pas à gérer les lamentations d'une longue file d'employés espérant une augmentation pour les bons et loyaux services rendus à leur entreprise. Lorsque Bradley augmentait un employé compétent pour le garder, il lui conseillait toujours de n'en rien dire à ses collègues, craignant que ces derniers ne viennent le harceler jusqu'a ce qu'ils aient eu gain de cause. Traiter avec les ouvriers en s'adressant à chacun d'entre eux plutôt qu'à la masse était le tout premier conseil de Gardiner, le gourou du management. Diviser pour mieux conquérir. Mais avec les Français, c'était bien différent.

Concernant Aurélie, son prêt Proust à Bradley ne changeait rien. Leurs relations ne semblaient guère s'être améliorées au lendemain de la grève. Bradley était déçu. Elle déambulait dans son bureau aussi fraîche qu'un concombre, parlant de choses et d'autres avec légèreté, de son voisinage à Paris comme des épiceries traditionnelles qui disparaissaient sous le poids des traiteurs chinois. Bradley l'écoutait tout en songeant à la remercier de lui avoir épargné une nuit à la gendarmerie, mais il se dit qu'elle le prendrait mal.

Concernant le livre, il se demandait s'il représentait un quelconque investissement personnel ou juste une démarche intellectuelle de la part d'Aurélie, sincèrement choquée de découvrir un *Homo sapiens* qui ne connaisse pas le prénom de Proust. Bradley, lui, voulait voir dans ce prêt un signe de complicité entre eux, presque un baiser volé, une indiscrétion, quelque chose qu'ils ne partageraient avec personne d'autre. Ce livre aux coins cornés était comme un lien qui le rattachait à elle – si bien qu'il le ramena chez lui et commença à le lire dans son lit. C'était comme ça qu'on draguait en France, en offrant un roman de Proust, plutôt que des fleurs ou des chocolats ?

La prose et le style de Proust cependant le rebutaient… Il relut la première phrase une centaine de fois.

« *Le pépiement matinal des oiseaux semblait insipide à Françoise.* »

Assez simple en fin de compte. Mais après avoir digéré cet *incipit*, les pages du roman lui apparurent comme un grand mur de briques sans fenêtre. Il n'y avait presque pas de dialogue pour égayer les longueurs narratives, et certaines phrases s'étalaient sur

124

une demi-page. Proust ne savait pas comment terminer une phrase, et donc ne les terminait pas. Le gars avait manifestement besoin d'un éditeur.

Bradley voulait finir au moins le premier chapitre (bien qu'il ne semblait pas vraiment y en avoir) pour pouvoir en discuter avec Aurélie. Il avait une envie irrésistible de parler avec elle d'autre chose que des finances de Fabre Frères. Mais l'absence d'action véritable dans le roman et son style répétitif l'endormaient plus efficacement qu'un narcotique, si bien qu'il parvint même à se rendormir en en relisant quelques pages après les ébats nocturnes des Auvergnats.

Mais si Bradley voyait dans ce prêt le début d'une certaine intimité avec Aurélie, il se plantait complètement. Le réveil fut brutal le lendemain après-midi quand il fit le tour de l'usine : Jojo et quelques autres faisaient une pause autour de la machine à café. Bradley les salua de la tête.

« Alors ça va la lecture de *Michel* Proust ? » cria l'un d'entre eux.

Ils se mirent tous à rire. Bradley joua le jeu, fit une grimace en guise d'excuse pour son manque de culture et porta ses doigts sur sa tempe, comme s'il allait se tirer une balle.

Ils apprécièrent son humour, leurs rires redoublèrent, ils lui offrirent un café. Et Jojo, qui avait appris ses ennuis de sans-papiers, s'offrit de le pistonner pour obtenir une carte de séjour.

Ainsi, Aurélie leur avait dit. Sa satisfaction à partager leur pause-café s'en trouva affaiblie, d'autant qu'on était le lendemain de la crise. Il se demanda si la grève et le geste d'Aurélie n'étaient pas juste un rêve.

Fouinant dans les archives poussiéreuses de l'usine, Bradley tomba sur une vieille photo en noir et blanc : le personnel de Fabre Frères, habillé en tenue de foot dans la cour. Le capitaine de l'équipe tenait dans ses mains une ardoise où le résultat était inscrit : « Fabre : 4 – Sous-préfecture : 2 ». Quelle entreprise de choc ! pensa Bradley. Ils semblaient tous si jeunes, si pleins de vigueur. Toutes les photos de groupes se ressemblaient mais pour Bradley, celle-là avait quelque chose de bien particulier, d'indéfinissable, il ignorait pourquoi. À l'arrière-plan, l'usine paraissait aussi proprette qu'une maison de poupée flambant neuve, avec ses fenêtres fraîchement repeintes. Les ouvriers avaient l'air jovial, le visage plein d'entrain, comme s'ils vivaient au pays de la « Petite Maison dans la prairie ». Ils auraient déplacé des montagnes. Bradley avait l'impression d'être un archéologue jouissant d'un moment de pure extase devant un fossile rarissime et intact.

Le jour suivant, il montra l'image à M. Paul ; ses indications lui permirent de repérer Jojo, debout, à la dernière rangée. Il avait à peine vingt ans et une broussailleuse tignasse sur la tête ! Il était assez souriant, peut-être satisfait d'une lecture sur la guerre de Sécession. Un homme vigoureux, plein d'espoir. Mais peut-être l'interprétation de Bradley était-elle exagérée ou fantasmagorique ? Après tout, ce n'était qu'une vieille photo au fond d'un tiroir.

« C'était encore les Trente Glorieuses, lui expliqua l'ingénieur. On formait une bonne équipe, bien soudée, tous solidaires. Si un employé était malade, ou si sa femme accouchait, il nous arrivait de le remplacer un jour ou deux à la coupeuse.

— Et depuis ? lui demanda l'Américain.

— Je ne sais pas, ça a changé… » La voix de l'ingénieur se cassa comme si Bradley avait touché une corde sensible.

« Je n'étais pas au courant pour l'équipe de football. Elle gagnait au moins ?

— Oh, ça, je ne sais pas. Elle n'existe plus depuis des lustres. La dernière fois c'était un match contre la sous-préfecture, à Montdidier, si j'ai bonne mémoire… »

Sur la photo, Bradley pointa du doigt le capitaine, qui semblait plus avenant, plus fier que les autres. Il se tenait droit, au milieu du groupe, comme un leader inné.

« Et celui-là ? demanda-t-il à M. Paul.

— C'est Quentin, bien sûr. Vous ne le reconnaissez pas, il n'avait pas de barbe à l'époque… Qu'est-ce qu'il a changé de tête depuis. Il a vieilli, comme moi. »

Quentin ! Le Robinson hirsute ! Les gens pouvaient-ils se transformer à ce point ?

Bradley scruta la photo encore quelques minutes, comme une pierre de Rosette susceptible de lui fournir une explication sur ce qui avait changé chez Fabre Frères, comment le tissu social de l'usine et les liens entre personnel et direction avaient pu se détériorer en trois décennies. Les explications de

M. Paul ne suffisaient pas : Comment cet esprit d'équipe s'était-il dissous dans la méfiance et l'angoisse des quelques rescapés ? Était-ce l'inévitable changement d'époque ? La conjoncture avec les industries qui se cassaient la gueule face à la mondialisation ? Ou était-ce la faute de Fabre de Beauvais et de sa conception très particulière du management, détachée voire absentéiste ?

C'était la fin de la journée, tous les salariés étaient partis. Bradley réfléchissait. Comment satisfaire les exigences de Honeywell tout en tirant le meilleur de ses employés ? Ils travaillaient peu, mais quand ils s'y mettaient, leur efficacité n'était pas si mauvaise. Il commençait à se sentir un peu seul dans cette tâche, sans allié à l'intérieur de l'usine, ni soutien à l'extérieur. Il savait que les salariés attendaient son échec de pied ferme, même si cela devait leur coûter leur emploi. Si Taylor avait eu l'occasion de se pencher sur le personnel de Fabre Frères et sur la mentalité de la classe ouvrière française, il aurait sans doute modifié ses thèses sur la prospérité partagée employeur/employé.

Pour structurer sa réflexion, Bradley dessina un organigramme sur une feuille de papier brouillon. Quand il arriva au poste qu'occupait Aurélie, sa main hésita… avec son feutre, il écrivit en majuscules A-U-R-É-L-I-E…

Il alla dîner au café des Sportifs.

Ça l'avait pris comme ça : il fallait qu'il retrouve le vieux barbu.

Le lendemain matin, il se mit en route mais se retrouva bientôt largué dans la campagne à étudier la carte, la tournant et la retournant dans tous les sens pour se repérer. Où diable avait-il bien pu atterrir ? Tout ce qu'il savait, c'était qu'il ne devait pas être très loin d'Anizy, mais à part ça il s'était totalement perdu. Si seulement la voiture était équipée d'un GPS.

Il s'était arrêté peu de temps avant dans un petit café local pour prendre son deuxième express de la matinée. L'idée de demander son chemin aux quelques habitués du coin qui devaient sans doute connaître Quentin lui avait traversé l'esprit, mais il y avait renoncé. Il connaissait maintenant suffisamment bien les Picards pour savoir qu'ils se méfiaient des étrangers, même si, grâce à son accent, on aurait compris qu'il n'était ni percepteur, ni huissier. Il ne voulait pas que l'on sache qu'un Américain, probablement le directeur de Fabre Frères, recherchait Quentin.

Dans cette région, la campagne se résumait à une grande plaine qu'on avait probablement dû raser de ses forêts, il y a des siècles, au profit de l'agriculture. Seuls rescapés, quelques taillis isolés mettaient une note de folie au milieu des interminables champs de pommes de terre. Bradley arriva sur un chemin étroit et poussiéreux menant à un bosquet : il y engagea sa voiture. Cinquante mètres plus loin, il déboucha sur une maisonnette en brique à un seul étage entourée d'arbres. Du lierre recouvrait les murs, et le jardin semblait bien entretenu, les fenêtres impeccables. Pas tout à fait le genre de logis

129

pour son Robinson Crusoé… Bradley s'apprêtait à faire demi-tour lorsqu'il aperçut un petit ruisseau derrière la maison, à moitié dissimulé par les arbres et la végétation. Il gara la voiture et s'avança vers la maison pour y jeter un coup d'œil : cet endroit l'attirait inexplicablement, il avait quelque chose d'idyllique.

Il frappa à la porte, cette fois bien décidé à demander au propriétaire des lieux où il pourrait trouver Quentin. Mais personne ne vint ouvrir.

Il marcha alors en direction du ruisseau. Au fur et à mesure qu'il approchait, une silhouette se dessina : un homme assis qui lui tournait le dos, une canne à pêche à la main.

C'était le naufragé.

Tétanisé pendant quelques secondes, Bradley hésita à se rapprocher davantage. C'était une propriété privée, il ne fallait pas l'oublier, et Quentin pouvait très bien se montrer imprévisible. En Amérique, on peut vous tirer dessus pour avoir franchi une propriété privée, et la justice ne condamne pas souvent le propriétaire.

« Monsieur Quentin… ? » cria-t-il. Sa voix se brisa d'émotion.

La silhouette se retourna et lui fit signe.

Bradley s'approcha et vit Quentin bloquer sa canne sous les rochers.

Pour la première fois il entendit la voix de Robinson.

« Vous vouliez me parler, monsieur Bradley ?

— Vous connaissez déjà mon nom ?

« C'est que vous êtes plutôt célèbre dans le coin, en mal comme en bien », répondit-il.

À Anizy, le gars avait l'air sur ses gardes ; là, il paraissait assez tranquille.

« Vous voulez boire quelque chose peut-être ? » proposa Quentin.

Bradley déclina l'offre – il ne pouvait pas rester longtemps.

« Je suis passé vous saluer et prendre de vos nouvelles, dit-il à l'ermite.

– Peut-être étiez-vous aussi un peu curieux », ajouta Quentin. Il avait raison.

Les deux hommes se mirent à parler, presque comme s'ils se connaissaient depuis des années. Bradley, qui ne savait pas trop à quoi s'attendre, fut surpris. Mais il trouvait le lieu reposant, la maison bien tenue, il y avait les arbres, la verdure et le gazouillement du ruisseau. Plus loin, on entendait le vrombissement d'un petit avion, mais même cela ne pouvait gâcher la tranquillité du site.

« Ça vous est arrivé quand ? demanda Bradley. Il parlait de son aliénation ; Quentin comprit tout de suite à quoi il faisait allusion.

– Avec les années... On bosse, on fait même des heures sup, et tout ça pour quoi ? Si ce n'est pour changer de Renault tous les quatre ans. Autant rouler à vélo...

– Mais le travail, cela permet de vivre tout de même, non ?

– Qu'est-ce que vous entendez par "vivre" ? Mon père, il a passé sa vie à l'usine lui aussi. Sauf quand les Boches l'ont envoyé trimer chez eux

131

pendant la guerre. Et puis quand il est mort, il m'a laissé cette cabane dans les champs. Après toute une vie, il n'avait que ça… Au moins, on n'a pas eu trop de soucis avec les droits de succession. »

Bradley essaya autre chose.

« Ça vous fait quoi de ne pas gagner d'argent ?

– À dire vrai, je gagne un peu par-ci par-là, et puis je touche le RMI. Je vois ça comme une bourse d'études, la bourse que je n'ai jamais eue dans ma jeunesse. »

Bradley avait envie de demander à Quentin s'il ne ressentait pas le besoin de se replonger dans la vie active, d'apporter sa pierre à l'économie nationale. L'Américain ne pouvait même pas imaginer ce que serait sa propre existence s'il ne pouvait dire aux gens où il travaillait. Il n'était pas Jonathan Bradley tout court, mais Jonathan Bradley de H&T. Pareil probablement pour Fabre de Beauvais et sa particule, qui ne laissait aucun doute quant à son origine sociale. Mais dans le cas de Bradley, seul le travail pouvait forger son identité et sa valeur, autant que le montant de son salaire annuel.

Mais il s'abstint de poser la question : le Quentin à qui il s'adressait maintenant semblait totalement en paix avec lui-même, rien à voir avec ce fugitif apeuré qu'il avait vu près de l'usine ou à Anizy. Un homme peut-il se construire une identité sans travail, ou bien avec un minimum de travail ? Aux États-Unis la réponse serait non, en France c'était plus compliqué.

Quelques minutes s'écoulèrent sans qu'aucun des deux hommes ne prenne la parole. La photo des employés traversa l'esprit de Bradley, il demanda alors à Quentin s'il se souvenait de l'événement.

« Une photo ? Non, mais je me souviens de notre équipe de foot. En vérité, on n'était pas très bon, mais on aimait bien passer nos jours de congé ensemble. Je pense que la plupart ont pris leur retraite depuis, mais il y en a d'autres qui sont toujours là. On était bien à cette époque…

— Vous souvenez-vous de Jojo ?

— Delaneau ? Oui… Il était très jeune, très ambitieux. Il passait la pause de midi à lire, il voulait vraiment faire quelque chose de sa vie.

— En travaillant pour Fabre Frères ?

— Il était bien obligé, il a grandi en aidant sa mère à s'occuper de ses frères et sœurs. Il a dû quitter l'école à quatorze ans, et à cette époque-là, si vous vouliez rester à Anizy, il n'y avait que l'agriculture, Fabre Frères ou peut-être la fonction publique.

— Et vous, vous avez choisi de travailler chez Fabre Frères ?

— Oui, comme bien d'autres, notamment parce que mon père y travaillait aussi. »

Quentin tendit alors à l'Américain sa deuxième canne à pêche, et ils prirent place côte à côte.

« La pêche est bonne dans ce ruisseau ? demanda-t-il à Quentin, qui s'était allongé sur le côté tout en tenant sa canne.

— Pas vraiment, non. La dernière fois que j'ai attrapé un poisson ici, c'était il y a six ou sept ans. Il était si petit que j'ai fini par le remettre à l'eau.

— Pourquoi continuez-vous à pêcher alors ? » demanda Bradley.

Quentin le regarda comme s'il s'adressait à un simple d'esprit.

« Mais pour la même raison qui vous pousse à aller bosser : parce qu'il n'y a pas d'autre solution. »

9

Bradley raccrocha le téléphone et s'adonna à quelques exercices respiratoires pour se détendre – son yoga de cadre stressé. C'était la fin d'une journée éprouvante, marquée par un coup de fil de Honeywell, trente minutes propres à anéantir les espoirs de carrière de n'importe quel cadre un peu ambitieux.

Dallas attendait des résultats de Fabre Frères, c'était évident.

« Faites comme bon vous semble », avait répété Honeywell plus d'une fois. Mais tout employé de H&T savait pertinemment que cela voulait dire : « Faites comme bon *me* semble. »

Honeywell rabâchait aussi une multitude d'autres termes, comme « rationaliser » et « réduire à l'essentiel ». D'ailleurs, il avait bien l'intention de faire de Fabre Frères une vraie entreprise à l'américaine, à commencer par le bilan, avec un bénéfice d'au moins douze pour cent du chiffre d'affaires.

« Nous n'y sommes pas encore, n'est-ce pas fiston ? » Ce genre d'échange avec Honeywell donnait à Bradley la désagréable impression d'avoir un pistolet sur la tempe. Les accusés de droit commun pouvaient bénéficier d'un avocat, lui ne pouvait compter que sur Me Lombardi.

« Non, monsieur, pas encore », répondait-il, se gardant bien de préciser qu'actuellement Fabre Frères accusait plutôt une *perte* de douze pour cent du chiffre d'affaires. Mais le moment n'était pas opportun pour en informer sa chefferie.

« *I'm running a business here !* » ajouta Honeywell, pour la troisième fois. Cette phrase fétiche du patron – je ne suis pas un philanthrope ! – était en général le signal de départ, connu de tous les employés, d'une gueulante pas piquée des vers. Elle fit l'effet d'une douche froide sur Bradley.

Si seulement Dallas pouvait lui laisser un peu de répit, Bradley était persuadé qu'il pourrait faire avancer les choses chez Fabre Frères, d'autant qu'il avait observé quelque chose d'intéressant chez les employés de l'atelier. Les Français avaient franchi les limites de la loi de Parkinson, cette théorie anglo-saxonne qui constate que la durée du travail s'étale en fonction du temps imparti et non de la charge réelle de la tâche. S'ils devaient préparer une commande à livrer dans deux semaines, ils la finissaient pile à la fin des deux semaines et pas une seconde plus tôt. En réalité, ils ne faisaient pas grand-chose les premiers jours, puis soudain accéléraient le rythme pour être prêts le jour J. Les Français pouvaient devenir des monstres d'efficacité dans la dernière ligne droite. Ils travaillaient comme ils faisaient l'amour, *crescendo* à la fin.

M. Paul partageait cette impression.

« C'est tout à fait naturel : nous sommes les rois de l'improvisation. Pourquoi faire le boulot en deux temps trois mouvements si on vous laisse deux semaines ? C'est une logique très méditerranéenne en fin de compte, même si ici on est plus proche de la Manche. Avant l'heure, c'est pas l'heure. Vous avez déjà entendu cette expression ? Vous voulez savoir comment j'ai eu mon bac ? J'ai perdu mon temps à l'école pendant des années, et un jour mon père s'est énervé, un mois avant les épreuves. J'ai travaillé jour et nuit et j'ai réussi. À la française quoi. C'est comme ça qu'on marche ici. »

Et si Bradley essayait de convaincre les employés de travailler tout le temps comme ils le font quand ils sont sous pression ? Ça ferait l'effet d'une bombe atomique. Mais là encore, même s'il parvenait à les convaincre, restait toujours un problème : il n'y avait pas assez de commandes pour justifier un investissement continu en termes de salaires et de machines.

En plus du rapport qu'il préparait pour Honeywell, Bradley, sans rien dire à personne, calcula le bénéfice qu'il pouvait tirer de la vente de toutes les machines de l'usine. Cela représentait une somme relativement confortable. Même une vente partielle pouvait restaurer les finances de l'entreprise, au cas où le nombre de commandes n'augmenterait pas et si, on ne sait jamais, il parvenait à réduire un peu le personnel.

Les équipements, c'était le domaine de M. Paul. Un jour, Bradley, le plus innocemment du monde, lui posa une ou deux questions sur les machines de l'usine.

« N'y pensez même pas ! Faites-moi confiance, M. Bradley, n'en faites rien, ou vous déclencheriez une vraie tempête.

— Je ne vous suis pas. De quoi parlez-vous ?

— N'essayez même pas de vendre une seule machine, même si elle ne sert pas. Un PDG italien a déjà essayé à Péronne, dans une usine de chips, pendant que les employés étaient en congé.

— Et ils ont protesté ?

— Pas seulement. Il est allé en prison.

— Loin de moi l'idée de faire une chose pareille, répondit Bradley, sachant pertinemment qu'aucun des deux n'était dupe, mais de toute façon les machines et l'usine appartiennent à H&T, c'est considéré comme propriété privée, non ?

— Techniquement parlant, oui. La propriété privée est peut-être une loi inviolable dans votre pays, mais en France on considère que les travailleurs ont des droits sur leur outil de production. Si vous le leur enlevez, comment peuvent-ils travailler ? Ce serait un crime. Jamais de la vie ils ne vous laisseront leur prendre quoi que ce soit, ils tiennent les machines en otage. »

Bradley commençait à douter sérieusement de son rôle : il ne pouvait pas réduire le personnel sans encourir des dédommagements considérables, ni se débarrasser des machines de l'usine. Et H&T avait payé presque trois millions de dollars pour n'obtenir finalement que le droit de payer des subventions à la place de Fabre de Beauvais : une bonne affaire.

Du côté des Auvergnats du deuxième, le train-train sexuel se poursuivait. Bradley commençait même à s'accoutumer à leurs ébats nocturnes. De temps à autre, il les rencontrait dans l'escalier : ils montaient et descendaient les marches en bondissant, bras dessus, bras dessous, partageant un fou rire. Pour eux qui ne concevaient pas de vie possible au-dessus de la trentaine, Bradley se confondait avec le mur.

Les soirées de Bradley, de toute façon, se ressemblaient comme deux chemises : il lisait du Proust pour s'endormir, se faisait réveiller par les Auvergnats en pleine action, partageait leur épanouissement post-coïtal, et retrouvait le sommeil avec encore une ou deux phrases de Proust, qui devint vite son doudou favori.

Bien sûr, Bradley n'avait pas tout dit quant à sa déconcertante lecture de Proust à Aurélie – qui pour l'instant lui faisait un compte rendu des charges du mois précédent, une exigence qu'il avait imposée pour exercer un minimum de contrôle sur les dépenses.

« Au fait, que pensez-vous du roman que je vous ai prêté, le roman de *Marcel* Proust ? »

Bradley employa des formules vagues, pour cacher qu'il n'avait lu qu'un dixième du livre. L'auteur avait créé un univers « passionnant » avec des portraits « bien tirés ». Aurélie le laissa parler, sans rien dire. Il s'enfonça.

« Le style de Proust me rappelle… »

Il s'était lancé dans une phrase sans savoir comment la terminer. Il était comme un alpiniste dont la corde cède. Le style ne lui rappelait personne en fait. Depuis ses années de fac, Bradley n'avait lu pratiquement que des livres de management. Il fouilla dans son cerveau pour trouver un autre auteur…

« Hemingway ! Le style de Proust me fait penser à celui de Hemingway, dans un autre contexte, bien sûr. »

Aurélie le regarda comme un enfant qui sort des âneries.

« À première vue, une telle comparaison ne s'impose pas… Après tout, Hemingway est assez connu pour ses phrases courtes, non ? Et puis Hemingway, c'était le macho à cent pour cent, la chasse, la pêche, la corrida. Proust préférait les salons…

– Oui, mais n'oublions pas l'attachement de Proust à Combray. C'est la campagne, Combray », dit Bradley. Le nom du village était le seul nom propre cité dans la première page du roman, et dans la préface qu'il avait eu la bonne idée de parcourir, on expliquait que Combray se trouvait en Normandie.

« C'est vrai, mais tout de même… », répondit Aurélie. Elle enchaîna avec de la petite histoire littéraire, pour rappeler qu'André Gide avait refusé le manuscrit de Proust.

« Erreur monumentale, n'est-ce pas ? Mais il semble que Gide n'approuvait pas sa représentation de l'homosexualité, des personnages comme le baron de Charlus, par exemple… »

Pendant qu'elle parlait, Bradley se félicitait d'avoir évité, de justesse, une humiliation de plus. Si Aurélie comprenait qu'il avait très peu lu, elle ne le montrait pas. Si elle lui laissait un peu de répit, il lui en était reconnaissant, comme de son intervention auprès de la gendarmerie. Il décida de lui pardonner d'avoir crié sur tous les toits sa bourde « Michel Proust ». Mais il était toujours dans ce même état d'incertitude : était-elle une amie ou une ennemie ?

« Il y a des choses que je ne comprends pas tout à fait, avoua Bradley. Le baron de Charlus et sa bande… (de mauviettes, pensa-t-il sans oser le dire).

– La prochaine fois que vous viendrez à Paris, on pourrait se voir pour que je vous explique. Maintenant, pour le mois dernier, les chiffres… »

Bradley accepta sans façon, « Oui, bonne idée », sans laisser paraître son envie de sauter sur le bureau, de danser un fandango, de crier sa joie.

Bradley voulait passer sa soirée à potasser son Proust, mais il était invité à dîner, pour la première fois depuis son arrivée à Anizy. On disait aux États-Unis que les Français n'invitaient jamais les étrangers chez eux, qu'on ne pénétrait pas comme ça l'intérieur d'un foyer français. Il allait donc voir.

Nadine Letourneau ouvrit la porte et Bradley se retrouva le nez plongé dans ce qui était à coup sûr le décolleté le plus profond de ce côté du Grand Canyon. Il essaya de garder la tête haute.

« Je suis ravie que vous ayez pu vous joindre à nous », gazouilla-t-elle en le picorant des deux joues. Son parfum saturait l'air et lui montait à la tête : il n'y aurait pas moyen d'y échapper d'ici à la fin du dîner.

Bradley la suivit dans le salon, où deux autres couples étaient déjà assis, droits comme des piquets, à siroter un apéritif.

« Je pense qu'il est inutile de vous présenter Jonathan Bradley, dit Mme Letourneau, ravie d'en faire son invité d'honneur. Voici monsieur et madame Presle, et monsieur et madame Tilloy. » Bradley remarqua qu'elle ne fit pas mention des prénoms mais se dit qu'il en était sûrement ainsi dans les dîners mondains d'Anizy.

La maîtresse de maison expliqua ensuite que M. Presle était avocat à Amiens et M. Tilloy banquier. Les deux hommes portaient des cravates ; Bradley s'en voulut de ne pas en avoir mis une, lui aussi. À Dallas, on porte des cravates pour aller travailler, mais rarement quand on est invité à dîner.

« Ça vous amusera peut-être de savoir qu'il y a deux ans nous avons visité votre pays », fit remarquer Mme Tilloy, à l'évidence impatiente de faire cette révélation.

La discussion s'engagea sur les États-Unis et continuait toujours lorsqu'ils passèrent à table. Mme Letourneau était affairée à la cuisine. Elle demanda à Bradley de déboucher la bouteille de vin, comme s'il était l'homme de la maison.

« Je trouve qu'à New York, on se sent vraiment au XXIe siècle, continua M. Tilloy. Tout paraît nouveau, les ascenseurs s'envolent comme des fusées. Vous êtes originaire de New York ? »

Bradley était en train de se battre avec le bouchon, qui semblait sur le point de s'émietter. Mme Letourneau lui prit la bouteille des mains, sans un mot, et l'ouvrit sans le moindre effort. Elle lui jeta un regard complice.

« M. Bradley vient du Texas, lança-t-elle, pour satisfaire la curiosité des autres convives.

— De Dallas, plus précisément, hésita Bradley.

— Là où Kennedy a été assassiné ? s'extasia Mme Presle, une petite brune, mince et agaçante, aux yeux globuleux. Qui est le commanditaire d'après vous ?

— À vrai dire, je n'y ai pas vraiment réfléchi… c'est de l'histoire ancienne », bafouilla Bradley, ce qui n'empêcha pas les autres invités de lancer la discussion sur le rôle joué par la CIA, Cuba et le FBI. M. Tilloy penchait pour un coup de Lyndon Johnson, puisque c'était lui qui avait le plus à y gagner. M. Presle avait lu quelque part que Castro aussi était impliqué dans l'histoire, à cause de la Baie des Cochons. Mme Presle, quant à elle, évoquait plutôt l'Église de Scientologie.

Bradley ne disait rien mais n'en pensait pas moins : ils parlaient de l'assassinat de Kennedy comme si c'était un fait divers de la veille. Il observait en même temps l'intérieur de Mme Letourneau, très XIXᵉ siècle, avec ses tissus de velours, ses dorures, ses miroirs d'antan et ses photos de famille encadrées sur tous les meubles et les murs. Cela aurait pu être un vrai décor pour Sherlock Holmes visitant un bordel.

De Kennedy, la conversation vira à la politique française. M. Presle prit la parole pendant quelques minutes et s'insurgea contre les gauchistes français qui menaient le pays à sa perte.

« Leur seule idéologie, c'est de dépenser l'argent de l'État, encore et toujours ! Ils créent un déficit énorme pour les générations futures. »

« On a besoin de plus de managers comme vous en France, intelligents, et qui savent ce qu'ils veulent », continua Mme Tilloy en fixant Bradley droit dans les yeux. Il se tortilla d'inconfort sur sa chaise en entendant ce compliment. Cette femme avait-elle seulement idée de son inefficacité totale chez Fabre Frères ?

« Ne croyez pas, M. Bradley, que tous les Français méprisent votre pays. Un certain nombre d'entre nous, ici, sommes reconnaissants envers tout ce que l'Amérique a fait, notamment en Irak », ajouta-t-elle.

Son mari prit la suite. « Oui, des gens comme vous qui arrivent à dompter les syndicats. En fait, nous aurions besoin d'une Margaret Thatcher. Regardez ce qu'elle a fait pour l'Angleterre ! Nous avons besoin d'une Thatcher à la française, ça ne fait aucun doute. Nous devons emprunter la voie du libéralisme, ou nous sommes fichus. »

Les autres acquiescèrent vivement et ajoutèrent leur propre sauce à la recette du « Comment sauver la France en dix leçons ». Bradley avait l'impression que ce n'était pas la première soirée mondaine

144

au cours de laquelle ils se confortaient tous dans leurs positions communes. Bradley aurait sûrement approuvé ce qu'ils disaient s'il connaissait un peu mieux l'économie française, mais il n'avait pas envie de prendre position et rêvassait tout seul dans son coin.

Il jeta un regard en direction de Mme Letourneau qui présidait la table. Il aurait tellement voulu qu'Aurélie soit à sa place… C'était ridicule : elle était en principe mariée et, à en croire ses mots à elle, un mur de béton social les séparait plus sûrement que les deux Corées. Quand même, il aurait bien troqué les dorures Letourneau contre une bière et un sandwich avec elle, ou mieux encore, une omelette aux chips au café des Sportifs, suivie d'une discussion sur le baron de Charlus.

La soirée se finit étrangement vite sitôt le café servi, les autres couples partirent discrètement vers leur voiture, laissant Bradley tout seul en compagnie de la divorcée. Était-ce un coup monté ?

« Prenons donc un cognac », déclara-t-elle, glissant paresseusement toute sa corpulence sur le sofa. Sans attendre la réponse de Bradley, elle tapota le coussin à côté d'elle et lui fit signe de s'asseoir. Il s'exécuta.

Il prit donc un cognac, puis un deuxième. Il n'avait pas trop le choix, puisqu'elle continuait de le servir. Il sentit sa tête tournoyer légèrement alors que Mme Letourneau déblatérait sur la difficulté de préserver la vie privée dans une ville comme Anizy. Il ne savait plus comment ils avaient atterri sur un sujet pareil, ni comment tout cela allait se terminer.

Son corps jouxtait le sien sur le canapé deux places, si bien qu'il pouvait sentir la chaleur de son abondante chair : elle en dégageait autant qu'un radiateur.

« Mais la vie ne doit pas s'arrêter pour autant, de peur de ce que les gens pourraient dire, n'est-ce pas Jonathan ? » L'irruption soudaine de son prénom le fit sursauter, mais il opina du chef, sans trop réfléchir à quoi il acquiesçait. Selon toute apparence, son dodelinement fut comme un code pour elle, signe que les opérations pouvaient commencer. Sa respiration s'intensifia et son torse pivota lourdement vers lui. Puis, avant même qu'il ne réalise quoi que ce soit, son visage s'avança tout droit vers le sien, comme une station spatiale vers l'amarrage. Bien qu'encore à quelques centimètres de lui, Mme Letourneau ouvrit sa bouche en grand, se préparant à l'embrasser goulûment. Une pensée traversa l'esprit de Bradley au moment même où il se rétractait avant de finalement se laisser assaillir : voilà ce que ça fait de se faire dévorer par un requin.

Bradley n'eut pas l'impression de vivre les quelques minutes qui suivirent – le cognac agissait comme un anesthésiant. Il se souvenait juste que son menton était planté dans son décolleté lorsqu'elle l'avait enveloppé de tout son corps en l'embrassant. Il se souvenait aussi de son désir de fuite et de ce qu'elle avait dit pour le retenir, quelque chose comme « Chaque chose en son temps » ou « On a tout le temps devant nous ».

Un deuxième échange de salive survint sur le pas de la porte. Son rouge à lèvres filait sur les régions périphériques de son visage, lui donnant l'air d'un clown sorti tout droit du cirque. Il parvint à s'échapper, mais ne se rappelait plus comment il avait réussi à retrouver sa voiture, le chemin de sa maison et une fois chez lui, comment il avait fermé la porte à double tour derrière lui. L'alcool aidant, il s'endormit si vite que même l'interlude auvergnat ne parvint pas à le réveiller.

10

Les vingt heures approchaient et Bradley était encore en plein dans les embouteillages de la jungle parisienne. Il avait rendez-vous avec Aurélie à la fontaine Saint-Michel. L'autoroute du Nord roulait mal, toutes les voies étaient bloquées par une manifestation de camions qui ne dépassaient pas les trente kilomètres heure. Il allait être en retard mais espérait qu'elle ne lui en voudrait pas.

Coincé sur le boulevard Beaumarchais, il contempla un moment le spectacle de la capitale. C'était pour lui à la fois un soulagement et un choc après des semaines de calme à Anizy. Tout le long du boulevard, des deux côtés, les voitures étaient garées si près les unes des autres qu'on n'aurait pas pu glisser une pièce d'un euro entre les pare-chocs. Comment faisaient-ils ?

Bradley progressa encore de cinquante mètres pour se retrouver au feu rouge. Il regarda le flot des piétons traverser devant lui, comme si c'était un film documentaire. Deux Africains se disputaient ouvertement, une vieille rombière traînait d'un air défiant ses quatre ou cinq sacs en plastique renfermant ses affaires, suivie d'un jeune homme aux allures d'intello, le genre à avoir déjà lu *Le Côté de Guermantes* et à l'avoir compris dans son intégralité. Une jeune femme, majestueuse, traversa à la hâte le passage clouté alors que le feu était déjà passé au vert. Agrippée au bras de son homme, elle portait un sac à main avec des lanières en chaîne. Elle aurait pu servir de modèle à la statue de Marianne. Légère comme une plume, elle maîtrisait à la perfection la hauteur de ses talons et semblait flotter sur les pavés. Son compagnon lui glissa quelques mots à l'oreille quand ils passèrent devant la voiture de Bradley et sa tête partit en arrière dans un éclat de rire. Bradley était fasciné.

Il arriva à la fontaine avec vingt minutes de retard, mais Aurélie n'était pas au rendez-vous. Avait-elle fini par se lasser ? Bradley s'assit sur le bord du bassin, tenant son Proust dans la main, et continua à la chercher du regard. Elle arriva dix minutes plus tard ; elle l'embrassa sur les deux joues – Bradley était tout émoustillé, il avait craint que la première et unique bise le jour de la grève ne fût qu'un événement exceptionnel.

« Je pensais qu'un dîner de travail pourrait nous aider à améliorer notre collaboration, lui dit-il, essayant de garder son autorité de patron.

– Vous venez à Paris juste pour un dîner de travail, vous ? » dit-elle dans un sourire narquois. Personne n'était dupe. Ce tête-à-tête, c'est lui qui le voulait et elle n'était pas contre. En revanche, personne n'était prêt à faire tomber les masques.

« J'espère juste que vous ne pensez pas qu'il suffise de m'inviter à dîner pour que nous cédions sur nos revendications… Ça marche peut-être chez vous, mais pas ici. Je ne viens pas en tant que présidente du comité d'entreprise. »

Ils éclatèrent de rire.

Elle choisit un restaurant simple, de cuisine française traditionnelle, rue Mazarine. Il était comble, ils attendirent sur le trottoir qu'une table se libère.

Le dîner d'affaire prit vite des tournures plus personnelles. Quand Aurélie fit référence à son mari, Bradley rougit, mais elle précisa qu'ils étaient séparés depuis un certain temps et entendaient divorcer.

Bradley revint à des sujets plus terre à terre et annonça sa volonté d'accorder des augmentations aux employés méritants qui avaient le meilleur rendement.

« C'est franchement con. Vous allez créer des inégalités et dans une ville comme Anizy, où tout le monde se connaît, ça peut être désastreux. Un Américain ne peut pas comprendre…

— Un Américain peut par contre comprendre l'injustice. Celui qui travaille mieux n'a-t-il pas droit à une meilleure rémunération ? Si vous étiez enseignante, donneriez-vous la même note à tous les élèves ?

— D'accord, mais l'usine c'est pas l'école ! Les employés vivent de leur paie, les écoliers, eux, mangent pareil, qu'ils aient une mauvaise note ou non. »

Le ton montait comme une mayonnaise, mais le serveur arriva juste à temps pour prendre la commande.

« Qu'est-ce que vous prenez ? demanda Bradley à Aurélie.

— Moi, je prendrais bien un tournedos. J'ai une de ces faims… »

Bradley comprit vite qu'il perdait complètement le contrôle de ce qui était censé être une conversation de premier rendez-vous galant. Il essayait de trouver un moyen de changer de sujet, car à l'évidence celui-là rendait Aurélie plus sérieuse encore qu'un pasteur protestant.

« Vous n'êtes qu'une main-d'œuvre corvéable à merci, vous et les autres employés de H&T, et nous aussi à Fabre Frères, lança Aurélie avec fermeté. Elle ne lâcherait pas la question sociale comme ça. Vous vous en rendez compte ?

— De quoi ? s'étonna Bradley.

— Vous ne voyez donc pas ? Si Honeywell devait nous payer un salaire équitable, le salaire qu'on mérite vraiment, il ne pourrait pas s'en mettre plein les poches. Elle dit ces mots comme si elle avait déjà préparé son discours. C'est affreux, c'est scandaleux. Ce sont des pratiques d'un autre siècle.

— Ça marche comme ça aux États-Unis », répondit-il, d'un ton neutre. Il sentit que, pour lui plaire, il aurait dû critiquer son pays avec plus d'enthousiasme. Le zèle d'Aurélie eut pourtant un effet inattendu, celui de stimuler une partie passive du cerveau de Bradley et de développer son point de

151

vue d'employé américain, ce qu'on n'est jamais appelé à faire dans une Amérique majoritairement libérale. Elle paraissait captivée par la conversation.

Il voulait maintenant la convaincre à tout prix, même si cela impliquait une remise en cause complète de son code du travail à lui. La conversation était plus professionnelle que prévu.

« Pour nous, les Américains, c'est simplement une affaire de contexte économique. En ce qui me concerne, par exemple, si je n'aime pas la situation chez H&T – et il y a sans doute une ou deux choses que je n'aime pas – rien ne m'empêche d'aller chercher du travail ailleurs avec de meilleures conditions. Je pourrais tout aussi bien retourner aux États-Unis et trouver un salaire plus avantageux. » Mais pour elle, un emploi ne s'improvisait pas : ceux qui en avaient un devaient s'y agripper.

« Ce que vous dites serait parfait si on était dans un roman, répondit Aurélie. Mais la vie justement, c'est pas un roman. J'imagine bien des mineurs parler comme vous au siècle dernier : la plupart d'entre eux ne pensaient tout simplement pas pouvoir trouver mieux. Bien sûr, en théorie, ils pouvaient toujours faire leurs bagages, quitter le Nord et s'improviser pêcheurs sur la côte Atlantique. Mais ça ne marche pas comme ça. Les gens rentrent dans des secteurs d'activité pour une raison ou pour une autre, et peu importe lequel, ils méritent tous un minimum de respect de la part de leur employeur. »

Pour accompagner le plat principal, ils avaient descendu une bouteille de beaujolais, mais l'alcool ne faisait pas rougir pour autant le visage d'Aurélie.

Le restaurant commençait à se vider, c'était le genre d'endroit où les clients ne s'attardaient pas. Bradley paya l'addition, puis ils sortirent se balader un moment. Ils prirent un dernier café près du boulevard Saint-Michel. Elle lui posa quelques questions sur sa vie là-bas à Dallas, sur la politique américaine. Bradley sentait sa gaucherie naturelle s'évaporer à mesure que la conversation avançait.

Il la raccompagna chez elle.

« Y avait-il d'autres sujets que vous souhaitiez aborder ? demanda-t-elle d'un ton faussement naïf. Il est encore temps. »

Le beaujolais l'avait rendu plus léger. Il n'avait plus rien à perdre.

« J'espérais juste vous dire des choses intéressantes, vous faire rire, et vous séduire, même. » C'était dit. Il avait tout parié sur le dix-sept noir au casino.

« C'est déjà fait, en ce qui concerne la fin de votre phrase, dit-elle avec un petit voile dans la voix. Si vous ne trouvez pas à vous garer, pourquoi ne pas laisser votre voiture en double file pendant toute la nuit ? Ça mettrait encore plus de piment, non ? »

Il suivit son conseil, tout en se demandant si les constellations de Ptolémée n'avaient pas soudain arrêté leur course à travers le néant intergalactique pour qu'une femme comme Aurélie lui propose de monter chez elle. Peut-être était-ce juste une coïncidence céleste sans importance ? Ou bien une suspension momentanée des lois de la physique réputées immuables ? Ou encore de la poussière de comètes tombant par surprise sur le toit de sa

153

voiture ? Rien de tout cela, juste le ravissant visage d'Aurélie, à quelques centimètres du sien. Il ne pouvait résister à cette force qui l'attirait vers elle, il se sentait comme happé dans sa sphère. Le plus naturellement du monde, ses lèvres trouvèrent les siennes ; celles d'Aurélie étaient étonnamment fraîches et fermes, les siennes en feu. Elle entrouvrit la bouche la première, le laissa s'y engouffrer, et enfin leurs températures s'accordèrent. Ils restèrent ainsi un bon bout de temps.

L'immeuble d'Aurélie ressemblait à une de ces forteresses médiévales, s'élevant dans la nuit noire depuis le bord du trottoir. Elle composa le digicode de la porte d'entrée, tout en bois sculptée, d'une taille babylonienne. Bradley eut besoin d'un coup d'épaule pour l'ouvrir. Dans le vestibule, des boîtes aux lettres vandalisées bâillaient. Plus loin, on apercevait un étroit escalier en colimaçon.

« Je suis désolée, il n'y a pas d'ascenseur », lui glissa-t-elle dans l'oreille d'une voix douce alors qu'ils s'étaient arrêtés au cinquième pour un autre long baiser. Il tournoya comme s'il était ivre.

« J'habite au septième, murmura-t-elle pour ne pas réveiller les voisins.

— Je vous pardonne », répondit-il en écho, bien que crachant ses poumons depuis le quatrième.

Une fois dans l'appartement, Bradley entrevit un petit salon mal éclairé sur la droite. Il fut d'emblée entraîné sur la gauche, dans un couloir étroit, où s'empilaient à même le sol des livres de poche poussiéreux. Une véritable anarchie régnait dans ce jardin secret qui lui servait de chambre à coucher. Sur les murs étaient accrochés d'étranges colliers africains en argent et ébène. Seule une aiguille à coudre, plantée dans le mur de plâtre, empêchait un poster touristique de La Havane, aux bouts cornés, de s'effondrer. À chaque fois qu'Aurélie passait devant, le poster se soulevait et roulait comme s'il allait s'envoler, ce qui ne manquait pas de démanger Bradley d'y planter un clou pour l'accrocher plus sûrement. Mais cela n'avait pas l'air de la déranger, elle. Dans un coin de la pièce, un bureau en bois prêt à s'écrouler était recouvert de grandes piles de papiers de toutes sortes. Au-dessus, une petite étagère, accrochée au mur, laissait déborder d'autres papiers d'archives, factures, avertissements (sur une facture figurait un « dernier avis ! » en grosses lettres rouges), des bons de réductions et des post-it. On aurait dit un enfer administratif en proie à la folie. Bradley trouvait choquant que des femmes attirantes puissent laisser un tel désordre dans leur vie : on s'attend de leur part à une hygiène impeccable.

Seul le lit d'Aurélie échappait à la loi du chaos : il était fait au carré.

Dehors, une rafale de pluie secoua la fenêtre. La lumière était faible, mais Bradley se sentit investi d'un pouvoir extralucide. Elle le fit asseoir sur un coin du lit. La voix jazzy et rauque de Paolo Conti s'éleva doucement depuis une petite chaîne stéréo, digne de celles que l'on trouve aux puces tombées du camion. Une latte du parquet craquait à chaque passage, mais elle n'essayait même pas de l'éviter. À côté du lit, une porte de sa penderie n'arrêtait pas de grincer en s'ouvrant toute seule. Elle donnait de temps en temps un coup de pied pour la fermer… tout en essayant de décoincer sa fermeture éclair.

Son corps rayonnait de jeunesse, il était sec et musclé, avec cependant quelques douces rondeurs à certains endroits, une récompense pour le voyageur fatigué. Quand elle délivra sa poitrine, ses seins gonflèrent et rebondirent sur son thorax jusqu'à ce qu'ils trouvent enfin l'équilibre. C'était trop pour lui, cette exposition, sous son nez. Il s'avança pour étreindre de son bras droit sa taille dénudée, mais elle fit un mouvement en arrière, sans effort, et posa son index sur le bout de son nez : il devait attendre.

Il attendit donc son heure, bien sagement, restant comme suspendu au coin du lit qu'elle lui avait attribué. Après s'être complètement dénudée devant lui, elle enfila une sorte de robe d'intérieur, de style marocain, et se rendit dans la cuisine pour préparer une tisane. Fin de l'acte I, rideau. Toute cette chair généreuse avait soudain disparu et Bradley se sentit dépossédé, réduit, diminué.

« J'ai pensé que vous aimeriez écouter de la musique pendant que nous prenons notre thé », dit-elle, refaisant apparition, un plateau en mains, avec tout le nécessaire à thé.

« Le soir, j'ai hâte de retirer mes vêtements de la journée pour revêtir quelque chose de plus confortable, comme ça. Retirez vos chaussures si vous voulez. »

156

La pluie battante redoubla dehors, fouettant l'unique fenêtre. La vitre, peu épaisse, tremblait de tout son long, si bien qu'il n'aurait pas été surpris de l'entendre se briser à tout instant. Une petite langue d'air froid pénétra à l'intérieur léchant les joues de Bradley surchauffées.

Il se mit à l'aise et ôta ses chaussures sans défaire ses lacets. Il se demanda s'il n'avait pas manqué de faire quelque chose. Il ne devait surtout pas laisser passer cette occasion, surtout pas. Mais elle avait l'air de tout maîtriser.

Allongés sur le lit, ils s'embrassèrent de nouveau. Dans la pénombre de la chambre, il lui semblait avoir détecté un grain de beauté de la taille d'une pièce de monnaie sur son dos. C'était en réalité une pièce de vingt centimes qui avait dû glisser de sa poche en tombant sur le lit et se coller sur sa peau veloutée. Il prit ça comme un signe : tous les objets inanimés la désiraient.

Après avoir exploré leurs corps respectifs pendant un moment, Aurélie commença à se confier. Bradley, curieux, posait des questions. Mais elle avait une manière de raconter le passé sans tout expliquer. D'après son récit, il comprit qu'elle avait quitté ses parents à l'âge de dix-huit ans. Un jeune couple d'activistes clandestins d'un groupuscule de gauche l'avait prise sous leur aile. Elle lui montra une photo d'identité d'elle à cette époque. Elle avait l'air d'un chaton effrayé, avec un bonnet en laine, comme celui de Jojo, recouvrant ses cheveux. Elle était maigre : ses pommettes étaient saillantes. Elle rejoignit le groupe de gauchistes qui l'envoyaient tous les matins à l'entrée de l'usine, dans la banlieue, pour distribuer des tracts et affronter insultes et sifflets des travailleurs qui la draguaient au passage. Ça l'avait endurcie.

Ensuite, elle avait rencontré Yves, un militant d'un autre groupe extrémiste. « Nous étions heureux ensemble au début », dit-elle succinctement. Elle restait vague sur tout ce passage de sa vie. Il l'avait convaincue de le suivre aux États-Unis, où ils restèrent un an, passant de campus en églises, de centres de conférences en centres commerciaux, pour parler du désinvestissement en Afrique du Sud. Elle apprit à parler anglais, pour répondre aux questions hostiles.

« Le désinvestissement en Afrique du Sud ? Vous êtes allée aux États-Unis pour ça ?

— Oui, c'était important, c'était juste avant qu'ils ne relâchent Mandela. Yves m'avait convaincue que nous devions faire tout ce qui était possible pour lutter contre l'apartheid. Il y croyait fermement et me citait Gandhi et Martin Luther King. Je l'ai suivi », dit-elle tout bas.

Ensuite, Yves et elle partirent pour La Havane, aider les communistes. Elle y resta quinze mois, endurant les conditions de privation de tout Cubain lambda, mais également la méfiance et la suspicion des militants du Parti envers les étrangers, y compris les sympathisants. Sans parler de la ségrégation : tout contact avec les autochtones était réglementé et faisait l'objet d'un rapport en bonne et due forme. Il y avait des espions partout.

À la fin, elle laissa tout tomber : la bureaucratie communiste allait trop loin pour elle. Son couple battait de l'aile, Yves s'était trouvé une Cubaine. Aurélie rentra à Paris, avec seulement quelques pièces en poche, pas d'études, pas de projets et pas de travail.

« La seule chose que je pouvais faire valoir c'était que je parlais couramment espagnol, ce qui ne valait rien, comme vous pouvez l'imaginer. L'anglais est plus utile, mais la France compte beaucoup de gens bilingues », dit-elle, sans aucune amertume dans la voix. Elle passa une jambe par-dessus celle de Bradley et alluma une autre cigarette. Il regardait les volutes de fumée s'élever en colonne au-dessus de la lampe de la table de nuit.

« C'est à ce moment-là que vous avez appris la comptabilité ? demanda-t-il.

— Ouais, il fallait bien apprendre quelque chose pour pouvoir joindre les deux bouts. » Elle n'avait apparemment pas envie de s'étendre sur cette partie de sa vie. Sa vraie vie était derrière elle, du moins c'est ce qu'elle lui fit comprendre. Comment comparer le travail chez Fabre Frères avec tout ce qu'elle avait vécu ? Et comment pouvait-il, lui, Bradley, comprendre ?

« Je suis un homme d'affaires, dit-il, le cœur gros. Pas trop votre genre, n'est-ce pas ?

— Je vous aime bien, mais vous, Jonathan, vous êtes trop apolitique. Pas moi, j'ai mes idées et mes principes. Je veux que le monde s'améliore, et ça serait intolérable pour moi que vous n'y participiez pas. Si le monde doit changer pour le meilleur, je

159

veux que vous et moi y soyons pour quelque chose. »

Un tel optimisme laissa Bradley pantois.

Sur le pas de la porte, elle le prit par la taille et l'embrassa tendrement sur chaque joue. Il essaya de rapprocher son corps du sien, mais les bras d'Aurélie l'arrêtèrent à temps, le maintenant à distance.

Elle lui accorda un ultime baiser furtif et le mit dehors ; il se retrouva tout seul dans l'obscurité du couloir.

Il était quatre heures du matin et Bradley réalisa deux choses : *primo*, ils avaient oublié de discuter de Proust, et *secundo*, ils n'avaient pas couché.

11

L'ambiance était fébrile quand Bradley arriva, légèrement en retard, bayant aux corneilles. Il était à la fois épuisé et plein de vigueur – les drogués à l'héroïne devaient connaître cette sensation : être en forme contre toute attente. Depuis son bureau, il observa l'atelier de production où les employés, agités, discutaient par petits groupes. Même les amants du service des expéditions s'étaient joints au rassemblement. Aurélie était là, elle aussi.

Bradley ne tarda pas à comprendre la situation. La veille, il s'était confié à M. Paul et lui avait révélé que Honeywell menaçait de fermer l'usine ou de la revendre à moindre prix si sa situation financière ne s'améliorait pas. À proprement parler, ces propos n'étaient pas tout à fait exacts mais ils risquaient bien de le devenir... Bradley ne s'était pas trompé en soupçonnant M. Paul de tout répéter à ses collègues. Il avait semé le vent, il attendait la tempête.

Vers dix heures du matin, tous les employés de Fabre Frères se rassemblèrent autour de Jojo et d'Aurélie, entre les machines de production. Ils étaient trop loin pour que Bradley les entende ; c'était sans doute fait exprès. Mais en fermant la fenêtre, en éteignant l'ordinateur et le ventilateur, il parvenait à saisir quelques bribes de la conversation.

« Il faut faire quelque chose. Ces Américains sont capables de déposer le bilan, si ça peut leur mettre dix centimes de plus dans les poches, affirma Jojo. Ils sont comme ça et pas autrement. Je me souviens que lorsque le général Lee avait voulu…

— Pas la guerre de Sécession, pas maintenant Jojo, le supplia Aurélie.

— Que veux-tu qu'on fasse, nous, si les Américains veulent fermer ? demanda un des ouvriers.

— Tu veux mon avis ? s'enquit M. Paul.

— On est là pour ça, non ? répondit Jojo.

— Voilà : ce Bradley, il n'est pas bien méchant. C'est juste qu'il est… »

Tous attendaient la suite, bouche bée.

« Il est… très américain ! »

Un « Aaah » collectif fusa, curieux puis approbateur. M. Paul semblait jouir d'un certain respect, sauf auprès de Jojo, qui ne l'appréciait guère.

« Vous avez d'autres révélations, monsieur Paul ? Parce que ça, on s'en doutait déjà un peu, voyez…

— Laissez-moi finir. Il est américain, mais on peut le *former*. Être américain, après tout, ce n'est pas une fatalité, ça se soigne, conclut M. Paul.

— Monsieur Paul a tout à fait raison, ajouta Aurélie. Il faut absolument qu'on intervienne…

— Attendez, attendez. Qu'est-ce que vous entendez par "intervenir" et "former" ? Vous parlez du droit à la formation professionnelle, article 920-4 du code ?

– Pas tout à fait. Voici mon idée… » dit l'ingénieur.

Les voix devinrent inaudibles et Bradley, qui s'était tenu discrètement dans un recoin derrière les fenêtres de son bureau, regagna sa chaise.

Ce n'est qu'après la pause déjeuner qu'Aurélie, M. Paul, Jojo et trois autres représentants syndicaux vinrent frapper à la porte de son bureau.

« On vous dérange pas, j'espère, s'assura Jojo.

– Non, non, pas du tout », répondit Bradley, les invitant à prendre place autour de la table de conférence.

C'était la première fois qu'Aurélie venait dans son bureau depuis hier soir… Son regard croisa celui de Bradley.

« Bon, je vais tâcher d'être bref, commença Jojo. Voilà, ça fait déjà un bout de temps qu'on discute de la situation de Fabre Frères et on en a tiré une conclusion, enfin plusieurs conclusions.

– Ah ? dit Bradley, un soupçon d'impatience dans la voix.

– La première, c'est que c'est dans l'intérêt de tous que Fabre Frères se porte bien, déclara Jojo.

– Parfaitement d'accord ! répondit Bradley, qui avait l'impression qu'on lui récitait un paragraphe d'un des ouvrages de Taylor.

– La deuxième, c'est que Fabre Frères est une entreprise française à cent pour cent. Vous pouvez toujours nous rebattre les oreilles en nous parlant de

163

mondialisation, mais nous, les robinets qu'on fabrique sont cent pour cent français parce que notre savoir-faire est français et notre main-d'œuvre est elle aussi cent pour cent française. Quand nos clients tournent leur robinet Fabre Frères, c'est avec un produit issu de l'industrie et de la civilisation françaises qu'ils se lavent les mains...

— Ouais, et ça, eau chaude ou eau froide, c'est pareil ! interrompit, hilare, un des trois autres délégués syndicaux.

— Oui, bon, ne me coupe pas la parole, s'il te plaît, s'insurgea Jojo. Où est-ce que j'en étais ?

— Vous disiez que Fabre Frères était une entreprise française, répondit Bradley.

— Ah oui, c'est ça. Nous sommes français, travaillant pour une entreprise française... »

Jojo Delaneau était aussi doué pour les discours que Proust l'était pour finir ses phrases.

« Magne-toi ! On n'a pas toute la journée, protesta un autre syndicaliste.

— ET DONC... poursuivit Jojo, haussant la voix pour couvrir les interruptions, et donc, notre deuxième conclusion est que Fabre Frères, en tant qu'entreprise française, fabriquant des robinets français, grâce à des employés français a besoin... »

Bradley faillit glisser de son fauteuil tant il trépignait d'impatience.

« ... d'un patron français ! » finit par lâcher Jojo.

C'était donc ça. Ils étaient tous là pour le guillotiner et le remplacer par un Français, un vrai !

Mais Jojo, fier d'être parvenu à vider son sac devant le directeur, ne comptait pas s'arrêter en si bon chemin.

« Mais c'est apparemment impossible car H&T vous a nommé directeur. Par contre, dans l'intérêt de nous tous, nous vous conseillons vivement de vous inscrire à une formation de… francisation, que le comité d'entreprise se propose de vous offrir.

— Je vous demande pardon ? bafouilla Bradley, sous le choc.

— Nous voulons simplement vous aider à mieux communiquer avec nos fournisseurs et partenaires français, y compris avec nous, compléta Aurélie qui regardait Bradley les yeux pétillants de satisfaction. C'était elle qui avait manigancé tout ça, il n'était pas dupe.

— Vous voulez faire de moi un Français, c'est ça ? interrogea Bradley, penaud.

— Non, on n'est pas perfectionniste à ce point, rétorqua Jojo. Il est malheureusement trop tard pour ça, monsieur Bradley. Mais on va se débrouiller avec ce qu'on a. »

C'était donc ça la « formation professionnelle » qu'ils avaient en tête. Bradley prit ça de façon très pragmatique comme un petit complément à son diplôme de *Master of Business Administration.*

Bradley les écoutait parler mais ne parvenait pas à saisir la finalité de leur discussion. S'agissait-il d'une tentative d'amélioration du paysage financier de Fabre Frères ? Ou bien cherchaient-ils à imposer insidieusement leur propre conception du management, c'est-à-dire celle des déficits

165

chroniques ? Bradley n'oubliait pas ce que lui avait dit Aurélie dans un moment de passion marxiste : le but de l'usine n'est pas seulement de fabriquer des robinets mais de générer de l'emploi. Il se doutait bien que la préoccupation majeure des ouvriers était de conserver leur place au sein de l'entreprise et il n'y voyait aucun inconvénient, tant que cela correspondait aux grandes lignes du taylorisme – celles du bénéfice mutuel pour l'employé et l'employeur.

Tandis que parlait l'un des délégués syndicaux, Bradley laissa son regard vagabonder sur Aurélie. Elle semblait exaltée et portée par les sentiments du groupe. Bradley se rappela avec regret cette soirée pleine de promesses conclue sur un baiser de rien du tout qui ne laissait aucune perspective. Allaient-ils se voir régulièrement maintenant ? Garderait-elle leur relation secrète ou allait-elle la divulguer comme elle l'avait fait avec « Michel » Proust ?

Bradley s'interrogeait sérieusement sur cette « amitié » : pour le moment, il ne pouvait désigner ce lien autrement. Ils n'étaient sortis ensemble qu'une seule fois. Elle l'avait invité à prendre un dernier verre chez elle et lui avait raconté sa vie. Elle s'était ensuite à demi dévêtue devant lui. Mais que cela prouvait-il ? Bradley en déduisit, après examen des pièces du dossier, qu'il ne fallait pas s'emballer : rien de particulièrement intime ne s'était produit.

Étrangement, ses priorités changeaient : son objectif économique de départ, redresser Fabre Frères, déviait sensiblement vers un point purement sentimental. S'il imposait une réduction drastique des coûts, il pouvait s'asseoir sur ses chances auprès d'Aurélie. Il n'avait entendu que quelques bribes de la réunion à l'atelier et ne savait pas quel était le rôle d'Aurélie dans cette affaire. Peut-être avait-elle eu l'idée de cette formation qu'il devait endurer ? Elle était suffisamment subtile pour manipuler les autres et atteindre ses fins. Cette réflexion en fit naître une autre, plus pernicieuse : qui était le capitaine du vaisseau Fabre Frères ? Lui, Jojo ou Aurélie ?

Tard dans la soirée, Aurélie lui accorda un deuxième tête-à-tête, cette fois pour un dîner à Roye où ils se rendirent chacun dans sa voiture par discrétion. Il voulait tellement la revoir (hors des locaux de Fabre Frères) qu'il vécut intensément ce « oui » : Aurélie comptait donc continuer. Puis un doute : elle le convoquait peut-être pour expliquer que le soir précédent avait été une simple erreur.

Mais pendant le repas, pour la première fois, Aurélie se mit à le tutoyer. Bradley en eut un frisson.

« Au travail, bien sûr, ce sera "vous" comme d'habitude », précis a-t-elle.

Cette transition fut une toute nouvelle expérience pour le Texan et il en conçut presque de la jouissance. Comme tout étudiant dilettante de la langue française, il avait peiné à comprendre la différence entre les deux modes et en avait tiré la mauvaise leçon : le *vous* symbolisait la distance et la froideur, plutôt que la politesse. Du coup, il s'expliquait mal comment les Français pouvaient en

permanence vanter l'égalitarisme quand ils accor-
daient le *tu* seulement aux intimes. Il aurait aimé
plutôt qu'on appelle tout le monde sans distinction
« citoyen » comme pendant la Révolution. Jaloux, il
voyait Aurélie tutoyer ses collègues, y compris
M. Paul (qui en revanche vouvoyait Aurélie), alors
que personne en France ne l'avait jamais tutoyé.
Même pas Mme Letourneau après le baiser baveux
de l'autre soir. Le *tu* d'Aurélie lui mit du baume au
cœur, c'était presque une clé qu'on lui tendait pour
entrer dans une société fermée.

Le dîner fini, ils s'installèrent dans sa voiture,
garée à côté de la route départementale, cachée
dans la nuit noire picarde. Ils commencèrent par
s'embrasser pendant de longues minutes, avec une
vigueur d'adolescents. Enhardi, Bradley caressa
l'épaule gauche d'Aurélie, puis son bras, pour des-
cendre vers son sein. Elle le laissa faire, mais
lorsque la main descendit trop loin, elle la remonta
sur son sein.

C'est elle qui parla en premier.

« Jonathan, j'espère que tu es d'accord avec nous.
Il faut réagir pour sauver Fabre Frères. Tous les employés comptent sur toi. Tu as un devoir envers eux,
non ?

— Je ferai tout ce que je peux, mais tu sais bien
que la décision finale est entre les mains de Honeywell. Je ne suis que son homme de main.

— Oui, mais tu peux faire beaucoup. Nous, on
s'engage à t'aider, mais il faut que toi de ton côté tu
fasses preuve de bonne volonté… Par exemple, j'ai
une idée, pour t'aider avec Honeywell. » Aurélie

commença par une longue explication sur le rôle de l'État en France et son influence sur la politique industrielle.

Et la séance de bécotage devint réunion de travail.

« Mais c'est quoi au juste l'"État" dans ce pays ? Ça veut dire quoi ? c'est le gouvernement ? demanda Bradley perplexe.

– Non, les gouvernements, ça change tout le temps, mais l'État, lui, est éternel. C'est aussi les administrations et tout le bazar. L'État c'est un peu comme des parents : il vous donne de l'argent quand vous êtes dans la mouise. Chez nous, presque tout le monde arrive à un moment donné à se faire aider par l'État. Le tout c'est de savoir y faire », expliqua Aurélie, d'un ton très professoral. Pendant le cours magistral, la main de Bradley glissa lentement vers sa cuisse. Elle la replaça sur son sein gentiment.

« Comment on fait alors ? lui demanda Bradley.

– On fait un dossier.

– Comment ça, un dossier ? dit Bradley, la main repassant doucement à l'attaque.

– Tu m'as entendue. On fait un dossier, pour demander une aide de l'État. C'est la différence entre notre société et la tienne. Chez nous, la collectivité est là pour aider ceux qui en ont besoin. Chez toi, on laisse les gens sombrer. C'est dégueulasse.

– Oui, c'est dégueulasse », répondit Bradley, qui aurait approuvé n'importe quel système de société, totalitaire ou collectiviste, pour faire avancer sa main, arrivée sur le genou d'Aurélie.

169

« Dans notre cas, il faut trouver un ministère qui puisse nous aider. Tout le monde fait comme ça chez nous. Tu vois bien ? lui dit-elle, non sans une certaine douceur dans la voix.

— En fait, il n'y a que deux genres de Français : les aisés et les aidés. Et dans les entreprises aussi donc.

— Enfin, tu as compris ! Et nous, on a besoin d'aide. »

Sans être repoussée cette fois, la main de Bradley caressa sa jambe. Aurélie posa sa main sur la sienne et ils s'embrassèrent longuement, très longuement.

De retour chez lui, le téléphone sonna. C'était Munster. Exalté par ce deuxième rencard avec Aurélie, Bradley se confia, mais sans préciser le nom d'Aurélie, ni sa qualité de comptable chez Fabre Frères.

« Alors, t'es arrivé à tes fins finalement, avec cette Française ? lui demanda Munster, qui comme d'habitude n'y allait pas par quatre chemins.

— Ce n'est pas une question d'arriver à ses fins, Max. C'est plus que ça. »

Cette réponse qui noyait le poisson fit rigoler Munster.

« Excusez-moi, j'ai dû faire un mauvais numéro. Je pensais appeler Jonathan Bradley. » C'était de l'humour à la Max, mais comme la conversation portait sur Aurélie, le franc-parler de Munster n'était pas trop du goût de Bradley. Il n'aimait pas qu'on parlât d'Aurélie en ces termes.

« Donc tu n'es pas arrivé à tes fins. La question maintenant est, combien de temps vas-tu encore essayer ?

— Ben, en fait…

— Tu connais les statistiques en la matière. Si t'as pas réussi à la mettre dans ton lit à la fin du troisième rendez-vous, c'est foutu ! Ça ne te laisse plus beaucoup de temps, mon vieux. »

Juste au moment où il raccrocha avec Munster, les amants du deuxième se mirent en activité nocturne, un rappel de plus pour Bradley, comme s'il en fallait un, qu'Aurélie restait encore à conquérir.

Le lendemain, Aurélie débarqua dans son bureau en criant victoire.

« C'est fou, mais ça ne manque pas, les aides pour repreneurs de PME ! Tu es repreneur d'une PME, tu comprends ? » Comme ils étaient seuls dans son bureau, elle le tutoya.

« Le repreneur, c'est plutôt Honeywell.

— On verra ça. Le seul problème, c'est que ça se fait à plusieurs niveaux. Je veux dire, il y a les aides locales, régionales, nationales et même européennes. On y trouve des subventions classiques, des allègements fiscaux, des exonérations de charges sociales, des prestations de conseils, et même une aide psy pour le patron, figure-toi…

— En fait, ce que tu me dis, c'est qu'au lieu de réduire les frais, de s'adapter aux conditions du marché, de trouver une nouvelle efficacité et ainsi de concurrencer les producteurs étrangers qui ont une main-d'œuvre beaucoup moins cher, Fabre

171

Frères va devenir un RMiste du monde industriel ? interrogea Bradley, anticipant la réponse.

— Voilà, tu as tout compris ! Tu es génial ! »

Enthousiasmée, elle enlaça son cou. Bradley sentait son odeur, touchait la fine peau de ses bras. Il avait envie de la prendre tout de suite, dans le bureau. Si Honeywell savait à quel point sa mission de *cost-killer* virait dangereusement à l'eau de rose.

Les jours suivants, Aurélie, avec l'aide précieuse de M. Paul, se mit à travailler dur pour obtenir des aides gouvernementales pour Fabre Frères. La tâche était colossale. Il fallait identifier les organismes susceptibles d'accorder des crédits, se mettre en relation avec des fonctionnaires haut placés et établir un plan d'attaque pour le dossier, pas moins détaillé que les plans d'un gratte-ciel. Bradley était émerveillé de la complexité de l'affaire, qui aurait intimidé tout Américain normalement constitué, peu habitué à la bureaucratie et à dénicher les sources de crédits dans les budgets ministériels. Il se demandait si toute l'énergie dont faisaient preuve Aurélie et M. Paul, appliquée aux employés de l'usine, n'aurait pas pu aider Fabre Frères à devenir le leader mondial de l'industrie du robinet, sans recourir aux subventions. Mais il laissa faire, obéissant à tous les ordres qu'on lui donnait. Il appréciait d'ailleurs de voir Aurélie prendre ce travail à cœur et avancer à toute allure comme si elle était investie d'une mission. Telle une Jeanne d'Arc des temps modernes, elle était prête à sauver les emplois de ses collègues. C'était un spectacle magnifique à voir,

172

Bradley se sentait en sécurité sous son commandement.

Mais quand elle vint le voir avec la liste des documents, des expertises et des analyses qu'il fallait fournir, Bradley rouspéta. La liste continuait sur des dizaines de pages.

« Mais qui va s'occuper de faire tout cela ?

— Nous. Toi, moi et M. Paul. Mais tu ne vois pas ? S'ils acceptent, l'entreprise fera vachement d'économies sur les charges sociales pendant deux ans. Sans parler d'une subvention de reconversion, et des formations professionnelles pour un certain nombre de salariés, et pendant ce temps Fabre Frères fera une économie de salaires. Tu vas pouvoir faire plaisir à ton Honeywell, sans passer par des licenciements coûteux. »

Bradley réfléchit, et fut tenté par cette idée totalement étrangère à son éthique anglo-saxonne. Il fallait bien qu'il ait de bonnes nouvelles à annoncer sans trop tarder à Dallas.

« Mais pourquoi faut-il donner tous ces formulaires et expertises ? Ça coûte cher, ces expertises…

— Pour que l'État nous aide, il faut investir un minimum, expliqua-t-elle. Quelques briques, pas plus. »

Avant de se décider, Bradley consulta Jojo, qui, en entendant les mots « dossier » et « subventions », s'illumina comme un gamin à qui l'on parle de Noël.

« Enfin ! Ce n'est pas trop tôt. J'espère qu'Aurélie vous a fait comprendre comment ça se passe en France. Ici, la collectivité est là pour nous aider,

173

ce n'est pas le chacun pour-soi de votre jungle libérale d'Amérique, vous voyez ? Solidarité, c'est ça le mot-clé. Vous devriez suivre le Tour de France et regarder comment les coureurs s'entraident. Quand il y en a un qui crève, les autres l'attendent. Solidarité, M. Bradley ! Allez, je vous serre la main, comme ont fait les généraux Lee et Grant en 1865. »

Bradley et Jojo se serrèrent la main – l'Américain en resta tout drôle. En remontant l'escalier qui menait à son bureau, Bradley se dit qu'il était bel et bien dans la peau du général Lee, le grand vaincu qui avait dû se rendre au Nordiste.

M. Paul essaya de conforter Bradley dans son choix.

« Le contexte est excellent pour présenter un dossier d'aide pour Fabre Frères aux administrations et aux élus. Vraiment excellent !

– Comment ça, excellent ? La conjoncture est assez morose, répondit Bradley.

– Exactement ! Imaginez le désarroi chez les décideurs de ce pays si Fabre Frères mettait la clé sous la porte. Encore une usine qui ferme, diront les leaders de l'opposition, et le gouvernement ne fait rien ! La presse, avec ses chroniqueurs excités, va crier au scandale. Monsieur Bradley, il faut voir les choses autrement qu'aux États-Unis. En présentant votre dossier aux pouvoirs publics, vous aurez une arme, vous pourrez leur dire "Si vous ne nous aidez pas, c'est le plan social voire la fermeture". Ça, ils ne pourront pas le supporter en ce moment. Ils vont donc faire un effort, vous verrez. »

Bradley allait retourner à son bureau quand M. Paul l'interpella.

« Je peux vous donner un petit conseil ? Continuez dans la voie de la formation qu'on vous propose. Mais je voudrais y ajouter un élément. Je crois savoir que vous avez entrepris la lecture de Proust. C'est très bien, mais si vous voulez comprendre les Français et leur mentalité, faudrait pas non plus négliger Marx. Avec ces deux auteurs, les Français d'en haut et d'en bas n'auront plus de mystère pour vous.

— Et vous, vous l'avez lu, Marx ? demanda Bradley.

— Oui et je lui dois beaucoup. C'est grâce à lui que j'ai eu mon bac, vous savez.

— Comment ça ?

— J'étais pas trop mauvais en mathématiques et physique, mais assez nul en lettres. Si j'ai pu avoir la moyenne, c'est parce que j'ai décroché un quinze en philo, contre toute attente. Et pourtant, la philo, c'était pas mon truc, et en plus je suis tombé sur Condillac, c'était vache, mais j'ai rusé et j'ai mis du Marx à toutes les sauces. Tout le monde le sait : il suffit de "marxiser" un peu pour avoir son examen. Tous les profs sont marxistes.

— Vous êtes marxiste ?

— Pour rien au monde ! Ma famille est très croyante et mon père était dans les pompes funèbres. »

Habillé en jeans et tee-shirt, Quentin repeignait un volet dans sa maisonnette lorsque Bradley

175

arriva. Il était neuf heures du matin et Quentin profitait des premiers rayons du soleil. Sa barbe portait quelques traces de peinture.

« J'ai appris que vous aviez fait la paix avec Jojo », dit Quentin. Il alla chercher du café pour Bradley avant de continuer le bricolage. Bradley s'assit sur un banc et le regarda faire.

« D'où tenez-vous vos informations ? Vous n'avez donc pas totalement coupé les ponts avec Fabre Frères ?

— Vous comprendrez que je ne peux pas révéler mes sources ! Disons qu'il me reste quelques contacts, bien informés bien sûr… »

Ainsi Quentin se tenait au courant de ce qui se passait chez Fabre Frères. De tous les Français que Bradley avait rencontrés, il était le plus énigmatique, de loin. Bradley lui raconta la stratégie d'Aurélie et la proposition de « formation » par le personnel. Quentin écoutait tout en passant une couche de peinture blanche sur le volet. Il aurait pu être n'importe quel banlieusard, bricoleur de weekend, comme il y en a des tas aux États-Unis – sauf que les volets dans son pays n'étaient que purement décoratifs, cloués en position « ouvert ».

« Ça vous ferait du bien, peut-être, d'essayer de gérer cette boîte à la française. En plus, ça pourrait marcher. Les grosses entreprises de ce pays, Carrefour, Michelin, même Renault, font des bénéfices, et pas des moindres. Regardez ce que Renault a pu faire au Japon, avec Nissan. Le management à la française, ça peut avoir du bon apparemment.

— Vous suivez le monde des entreprises ?

– Si je vous dis un petit secret ? J'étais même petit actionnaire, moi, à un moment donné, quand j'avais encore de la famille. Maintenant que je suis veuf, c'est fini. J'ai ma maison, ça me suffit… »

Bradley en resta pantois. Cette maison paisible, bordée d'arbres, avec le ruisseau sans poissons qui passait derrière lui semblait un petit cocon, comme le lac Walden de Thoreau dans le Massachusetts. Et pourtant, le propriétaire avait boursicoté dans une vie antérieure. C'était à n'y rien comprendre.

Encouragé par les propos de Quentin, Bradley lui expliqua les théories de Taylor (prospérité employeur/employé).

« Pourquoi pas ? dit Quentin. Mais pensez à une chose : le Français a peur du changement, même s'il reconnaît qu'il est inévitable. Seulement il ne faut pas le pousser. Vaut mieux le *tirer*, si vous me comprenez. Pas facile d'être patron dans ce pays. Mais je vais vous dire quelque chose : le Français au travail, c'est délicat, comme une réaction chimique. Si vous arrivez à réunir toutes les conditions, la température, les dosages, etc., eh bien, vous serez très agréablement surpris par le produit. C'est comme faire du pain, ou de la mayonnaise. Le Français, quand il veut bien s'y mettre, il fait des prodiges.

– J'en ai bien besoin en ce moment… répondit Bradley, rêveur.

– Alors, dans ce cas, je vais vous donner des idées pour traiter avec Jojo, Aurélie et toute la bande. Encore un café ? »

12

La « formation » de Bradley commença par un déjeuner.

Aurélie et Jojo arrivèrent dans son bureau vers midi, pour préparer la table : une nappe jaune, des vraies assiettes, des couverts et une bonne quarantaine de verres de formes différentes. Jojo déballa le pique-nique et les bouteilles de vin, couchées sur un chariot en métal qui servait normalement à déplacer les pièces lourdes dans l'atelier. Il avait fallu trois hommes pour le monter.

« Tout le personnel est convié ? demanda Bradley.

— Non, on ne sera que six, en petit comité », lui assura Aurélie.

Les autres arrivèrent à ce moment-là, les bras chargés de victuailles qu'ils disposèrent sur la table.

« On va manger quoi ? s'enquit Bradley. Comme tous les Américains, il aimait savoir ce qu'il allait ingurgiter.

— Un des collègues, Momo, est originaire de Strasbourg, et sa maman vous a préparé une tête de veau, annonça Jojo. Mais tout d'abord ce sera une fricassée d'oreilles de goret, spécialité de ma femme qui a grandi à la campagne, sur la ferme de ses parents. »

Jojo évoquait avec une telle fierté les talents culinaires de Mme Delaneau que Bradley n'osa pas demander tout de suite s'il avait bien entendu le mot « oreilles ». Il était inquiet mais restait muet. Aux États-Unis, même les plus défavorisés ne mangeaient pas ça. Les oreilles, les queues, les intestins, les pieds servaient exclusivement à l'alimentation des animaux domestiques. Cette mission en France tournait vraiment au calvaire.

Il scrutait attentivement les casseroles tandis qu'Aurélie servait tout le monde. De l'assiette qu'elle lui tendit émergeait une espèce de ragoût informe, qui reposait sur un lit de salade frisée. Ça ne ressemblait pas à des oreilles.

« C'est quoi un goret ? demanda-t-il. Les Français adorent qu'on leur pose des questions de cuisine, paraît-il, et Bradley crut sage de se renseigner davantage.

– Un jeune cochon, un porcelet, répondit Jojo, qui comme les autres, attaquait le plat avec gourmandise.

– Ce sont des oreilles ? ça se mange ? demanda-t-il mortifié.

– Tout est bon dans le cochon. Vous allez voir. C'est autre chose que votre McDo ! »

Bradley entama la fricassée timidement, tandis que les convives se délectaient déjà, buvaient le vin rouge, chargeaient Jojo de transmettre leurs compliments à Mme Delaneau et évoquaient leurs

179

souvenirs de plats de goret. Le travail et l'atelier semblaient loin.

L'Américain fut le dernier à finir le plat qu'il trouva d'une consistance bizarre, pour rester poli. Il s'efforça pourtant d'avoir l'air de se régaler. Les autres, concentrés sur leur assiette, ne lui prêtaient aucune attention, alors qu'il était censé être l'objet même de ce déjeuner-formation.

Aurélie ôta ensuite le papier alu d'un deuxième plateau pour découvrir des tranches de… ? ? Une fois de plus, difficile à dire. Apparemment, il s'agissait du prochain supplice : la tête de veau. Bradley dit une prière silencieuse pour que le mot « tête » soit de l'argot, et qu'il n'ait pas devant lui les composantes d'un crâne.

« Ce n'est pas du steak ? demanda-t-il. Il n'avait plus très faim. C'est quoi, exactement ?

– Vous allez voir, c'est une gourmandise, le nez, le cerveau, tout. Vous allez apprendre à aimer, dit Aurélie, du même ton de voix rassurant qu'utilisent les infirmières avant de faire une piqûre.

– Vous croyez vraiment que cela m'aidera à devenir un meilleur gestionnaire ?

– Sans aucun doute », répondit un peu sèchement Aurélie, qui ne comprit pas la supplique.

Les autres avaient déjà plongé dans le plat. Momo, un quadra de grand gabarit, leur détailla les différentes préparations régionales de la tête de veau. Bradley se résigna, comme un condamné qui entend la porte de la prison se fermer derrière lui. Il prit une bouchée, y trouva des morceaux caoutchouteux, des mous et même des durs – un os ou du cartilage ? Dans le dernier cas, il opta d'avaler sans trop chercher à mastiquer.

Ce fut la grande bouffe. Ils consommèrent des saucissons chauds avec pommes à l'huile, de la garbure aux choux, une tapenade, et un gratin dauphinois, le tout apporté par le personnel.

Bradley ne pouvait qu'admirer l'aisance et l'enthousiasme dont faisaient preuve ces salariés français à table. La discussion tournait inévitablement autour des plats, des recettes, des souvenirs de saveurs d'enfance – jamais du travail. Fourchette en main, ils étaient épanouis, dans leur élément, et prenaient tout leur temps. Le déjeuner est une formalité que l'on expédie aux États-Unis, mais même après quatre-vingt-dix minutes, Bradley préféra ne pas leur rappeler l'heure. Ah, si manger était une activité rémunérée, les Français seraient tous Rockefeller ! Pourquoi ne se dévouaient-ils pas à l'atelier avec le même enthousiasme ? Dans d'autres domaines, ils se montraient pourtant capables d'entrain. Sur les petites routes de Picardie, Bradley, qui respectait plutôt les limitations de vitesse, était souvent talonné par des automobilistes impatients, appels de phares à l'appui. Mais cette énergie, cette ardeur, n'avait pas sa place au boulot.

Bradley s'aperçut aussi qu'à table, le Français devient grivois, faisant des tas de sous-entendus ou de contrepèteries qui lui vaudraient au Texas une série de procès pour harcèlement sexuel. Bizarrement, Aurélie, la seule femme présente, ne semblait en

181

rien gênée par les propos licencieux, elle y participait plutôt.

Arriva le plateau de fromages : certains n'étaient pas plus gros qu'une pièce de monnaie. Jojo recommanda à Bradley le maroilles, une pâte molle et piquante en forme de brique, à la croûte orangée et qui laisse un arrière-goût sucré dans la bouche.

« Pourquoi est-il orange ? demanda Bradley, qui ne connaissait que les fromages américains, sous cellophane, qui, dans le meilleur des cas, avaient un léger goût de médicament. Les fromages français avaient une odeur de pourri.

— C'est le résultat de longs mois d'affinage, expliqua Jojo, ce sont les bactéries qui donnent cette couleur rouge à la croûte.

— Les bactéries ? Mais c'est pas mauvais pour la santé ? s'inquiéta Bradley. Pourquoi mangerait-on intentionnellement des bactéries en meute ?

— C'est sans danger, dit Aurélie. Le problème de vos fromages américains, c'est qu'ils sont faits à partir de lait pasteurisé qui tue le goût. Nos fromages sont plus naturels.

— La peste, c'est naturel aussi, mais je n'ai pas spécialement envie de l'attraper », se dit Bradley, légèrement réticent à l'idée de manger du lait non pasteurisé. D'ailleurs, Pasteur n'était-il pas français ? Son savoir n'avait apparemment pas fait beaucoup d'émules dans son propre pays.

« En réalité, rectifia M. Paul, il arrive que des gens meurent après avoir mangé du maroilles, mais personne cette année. »

182

Ainsi s'engagea une discussion animée sur le nombre de victimes des fromages au lait cru. Bradley, tout en mâchant sa dernière bouchée de maroilles, s'attendait à casser sa pipe à tout instant.

Ils passèrent aux exercices pratiques. Le premier stage consistait à apprendre à négocier sans jamais parler d'argent.

Le dossier à traiter était celui de leur fournisseur en métal et nickel pour l'électrolyse, monsieur Bernard, vendeur de Brisson et Cie.

« Depuis un certain temps, je suis convaincue que Brisson devrait nous accorder un rabais, lui dit Aurélie. Cela pourrait nous faire faire d'énormes économies. »

Avec Aurélie, M. Paul et Jojo à ses côtés comme *coaches*, Bradley reçut M. Bernard dans son bureau, un homme de très grande taille, aux joues rouge pivoine.

« Négocier sans parler d'argent... », se répétait Bradley en boucle alors qu'il serrait la main de l'homme d'affaires.

Une fois assis, M. Bernard parut intrigué par Jojo : il avait mis une veste et une cravate pour l'occasion, mais gardé son pantalon de travail et son éternel bonnet, ce qui lui donnait des allures de Centaure des temps modernes, mi-manager, mi-ouvrier.

« Je connais madame Verdier et monsieur Paul, mais je ne me souviens pas d'avoir déjà rencontré monsieur...

– Monsieur Delaneau, Georges Delaneau, répondit Jojo.

– C'est mon nouvel adjoint », dit Bradley, pour couper court à sa curiosité, et il se lança, dossiers en main, dans la négociation du contrat. Aurélie lui coupa immédiatement la parole :

« Monsieur Bernard, vous prendrez bien quelque chose ? » s'empressa-t-elle de dire, tout en se levant pour prendre la bouteille et les verres. Bradley rougit légèrement, comme un cancre pris en faute. Il comprit qu'il avait entamé les négociations trop tôt. Il laissa ses *coaches* prendre en main les opérations.

« Ma foi, ce n'est pas de refus », acquiesça Bernard, ses traits se plissant pour esquisser un sourire. C'était un réflexe de Pavlov : la simple mention d'une boisson alcoolisée pouvait dérider un Français, là où seules les stock-options agissaient sur un Américain.

Aurélie, M. Paul et Jojo menèrent l'invité sur la voie d'une conversation sans enjeu. Bradley écoutait attentivement, chiffres et diagrammes à l'œil, prêt à intervenir au signal.

Mais le papotage s'éternisait. M. Paul se moquait habilement des politiciens français, visant successivement la gauche, la droite, le centre et les scandales financiers – un thème en général fédérateur.

« Ils sont tous pareils », conclut M. Paul, pendant qu'Aurélie remplissait de nouveau les verres.

« Ils sont tous pareils », opina M. Bernard.

184

Aurélie prit le relais pour évoquer la conjoncture, dire combien la vie était chère et les vacances les plus simples tout bonnement inabordables.

« Comme vous avez raison ! » dit M. Bernard qui se lança dans l'histoire de ses dernières vacances de famille dans le Jura.

Jojo enchaîna sur le football, notant l'exploit d'une équipe d'amateurs à Amiens. Il s'avéra que M. Bernard était fanatique de foot, il partit dans de grandes théories sur les chances de la sélection nationale à la prochaine Coupe de monde.

Le tour était joué. Bradley ne pouvait qu'admirer le talent de ses collègues. Impossible d'imaginer Honeywell en faire autant. L'unique dérapage fut le fait de Jojo qui se mit à divaguer pendant plusieurs minutes sur les relations entre le président Lincoln et le général Grant, commandeur en chef des forces nordistes, mais Aurélie lui coupa la parole pour revenir à des sujets plus consensuels ; M. Bernard repartit dix bonnes minutes sur son principal sujet d'intérêt du moment : la mutation du responsable Sud-Ouest appelé à d'autres fonctions.

Jugeant le moment propice, Bradley prit enfin la parole :

« En somme, monsieur Bernard, si nous sommes là à parler avec vous aujourd'hui c'est bien parce que nous avons bon espoir de continuer notre collaboration.

— Et moi de même, monsieur Bradley... »

L'Américain ne parvint à placer que cette phrase, largement protocolaire, mais il comprit qu'on n'en attendait pas plus de lui.

M. Bernard se leva, signe que tout avait été dit. Aurélie le raccompagna vers la sortie. En partant, il ajouta :

« On va essayer de faire un effort, de part et d'autre, n'est-ce pas ? De toute façon, l'important c'est de bien s'entendre, le reste est un détail. » Et il s'en alla vers sa voiture.

« Vous voyez ? Comme ça, tout le monde se comprend, sans se mouiller, fit remarquer Jojo.

— Peut-être que vous vous comprenez, mais moi je n'ai rien compris. Il va baisser ses prix ou pas ? demanda Bradley.

— C'est un détail », lui répondit Jojo.

Il restait toutefois un brin de méfiance entre patronat et salariés chez Fabre Frères. Pour resserrer les liens, Bradley voulut encourager le comité d'entreprise à recréer son équipe de football ; il alla trouver Jojo pour le consulter en tant que délégué syndical. L'homme était plutôt circonspect.

« Vous refusez nos propositions salariales, mais vous nous conseillez de faire du sport ? Ce ne serait pas par hasard pour nous faire oublier certaines revendications ?

— Aucun rapport. Je n'ai rien à gagner en vous proposant de faire un peu de sport. C'est juste histoire d'être ensemble. Après tout, la solidarité peut s'appliquer aussi aux relations entre employés et patron, non ? De toute façon, j'ai besoin d'une activité physique. Faire des dossiers, gérer, le travail de bureau, tout ça, ce n'est pas bon pour la santé. Surtout quand tout le monde autour de moi tire sur la cigarette à longueur de journée.

– Si on est nombreux à fumer, c'est parce que la direction nous stresse depuis des années, répondit Jojo. Mais vous comptez jouer avec nous ? Les Américains sont nuls en foot, tout le monde le sait. »

Bradley comprit à son ton qu'il serait tout de même drôlement curieux de voir quelle tête son directeur aurait en maillot. Bradley décida de le prendre par les tripes.

« J'ai appris que le comité d'entreprise avait abandonné le programme de foot il y a des années après une défaite contre les fonctionnaires de la sous-préfecture. Alors, c'est comme ça qu'on se laisse faire ? Les fonctionnaires triomphent ! Bien sûr, si vous vous sentez trop vieux maintenant, je comprends…

– Moi, trop vieux ? Vous plaisantez, j'espère. Mais il nous faudrait des uniformes, et un sponsor peut-être…

– Ça, je m'en charge », répondit Bradley.

« Vous n'aimez pas trop le maroilles, d'après ce qu'on m'a raconté », lança Quentin. Un sourire en coin se dessina sur les lèvres de l'aliéné. Tous les deux se trouvaient samedi matin encore une fois au bord du ruisseau, canne à pêche à la main.

« Ce n'est pas mauvais le maroilles, il suffit d'essayer plus d'une fois, et de le marier avec un bon vin… L'alcool tue les microbes ! Et Aurélie, elle ne te mène pas trop la vie dure ? »

Personne n'était censé être au courant de sa liaison avec Aurélie, mais Bradley ne s'étonnait plus : Quentin savait tout ce qui se tramait chez Fabre Frères. Le naufragé devait prendre un verre de temps à autre avec les membres du personnel, peut-être même avec Aurélie, quoiqu'elle n'ait jamais fait la moindre allusion à Quentin.

« Une Française, ce n'est pas comme une Américaine… heureusement ! » répondit Bradley, et les deux hommes rirent.

« Et vous, vous avez toujours été célibataire ? demanda Bradley à son compagnon de pêche.

– Pas du tout ! J'ai longtemps été marié, avec une femme extraordinaire. Je suis veuf maintenant. »

Après sa visite chez Quentin, Bradley fit un tour par la maison de la presse commander un livre sur Marx. Le marchand le regarda d'un air curieux. Puis, il chercha dans l'épais catalogue de son distributeur.

« Mais lequel voulez-vous ? Il y a plus de cent titres sur Marx ? »

Bradley en choisit deux : *Le Capital* et *Karl Marx et le mal français*, un essai d'un professeur du Collège de France.

« Je peux les avoir quand ? demanda-t-il.

– Dans deux ou trois jours. C'est aussi pour votre maman ? »

En fait de liaison secrète, Bradley et Aurélie n'avaient plus le temps de se voir en dehors du bureau. Ils passaient désormais leurs soirées chez Fabre Frères à travailler sur *le* dossier. Ou plutôt, c'était Aurélie qui s'occupait de ce travail titanesque, tandis que Bradley lisait dans son bureau, en attendant qu'elle lui demande des précisions sur H&T, une estimation du coût de tel projet, ou... n'importe lequel des milliers de détails qu'il fallait pour élaborer le dossier.

« Comment fais-tu pour supporter ce genre de travail ? lui demanda-t-il.

– Tout Français connaît ça, la paperasse on a l'habitude. »

Bradley commençait effectivement à s'en faire une idée : il avait reçu, interloqué, sa première facture d'électricité. Le relevé indiquait en haut au dos « document à conserver cinq ans ». Pourquoi cinq ans ? Et sur les bulletins de salaire des employés de Fabre Frères, on lisait cette mention très solennelle : « ce bulletin doit être conservé sans limitation de durée ». Le ton était juridique plus qu'amical. Si jamais la police faisait irruption chez un particulier, pouvait-elle demander à voir les bulletins de 1979 à 1982 ?

La semaine dernière, Bradley s'était fait contrôler par les gendarmes dans sa voiture. Après le permis de conduire et la carte grise, ils demandèrent à voir le certificat d'assurance. Bradley leur avait indiqué la vignette verte sur le pare-brise.

« Non, monsieur, vous devez obligatoirement avoir à l'intérieur du véhicule le certificat de l'assureur », lui répondirent-ils, d'un ton ferme.

Même si la vignette indiquait la date de validité, le nom de l'assureur, et le numéro de la plaque d'immatriculation, il fallait une *deuxième* preuve. Les agents lui accordèrent quarante-huit heures pour apporter le document à la gendarmerie, sous peine d'amende. Quand Bradley raconta l'histoire à M. Paul, il ne fut pas du tout surpris.

« C'est normal », dit-il. Et il s'en alla raconter l'histoire à Aurélie.

« Bien sûr, c'est normal », répondit-elle.

Non seulement les Français toléraient la bureaucratie, mais en plus ils la trouvaient normale. Existait-il des innocents qui languissaient à la Santé faute de pouvoir mettre la main sur un bulletin de paie de mars 1986 ? Bradley s'imaginait un tas de vieillards alités et entourés de caisses de documents qu'il fallait garder sans limitation de durée et emmener dans sa tombe.

Étrangement, Aurélie, normalement si désordonnée, fit preuve pour la candidature de Fabre Frères d'une organisation digne d'un notaire. Sur une petite étagère au-dessus de son bureau, elle classait soigneusement les chemises avec mention « déjà fait ». Cela donnait l'équivalent d'un tome de trois centimètres d'épaisseur.

« Il nous faudrait au moins cinq kilos pour les impressionner ! expliqua-t-elle.

— Mais sérieusement, qui va lire tout ça ? demanda Bradley.

— Dans sa totalité, personne. Mais les fonctionnaires doivent se justifier : ils ont des emplois à vie, et trier, digérer et classer les dossiers de requérants comme nous, c'est la base de leur activité professionnelle. Et déposer son dossier, c'est la base de la citoyenneté. Voilà le pacte républicain. »

Il la laissait faire, confiant dans ses compétences et dans ses choix. Il se demandait d'ailleurs si sa séduction n'était pas en partie liée à cette autorité naturelle : auprès d'elle, il se sentait rassuré, il se sentait *bien*. Elle avait des opinions bien tranchées, elle savait ce qu'elle pensait et où elle allait.

Il lui revint en mémoire une phrase du *Père Goriot* de Balzac, dont ils avaient lu des extraits à l'université de Baylor : certaines femmes faisaient une telle impression que pour un homme elles éclipsaient à jamais toute rivale. Mais voilà tout le dilemme avec Aurélie : s'il n'arrivait pas à la conquérir, chaque femme qu'il connaîtrait plus tard dans sa vie serait une déception en comparaison avec elle. Comment se résigner à une banale Chevrolet après avoir testé une Jaguar ?

Autre question qui tarabustait l'Américain : ce sentiment pour Aurélie, était-ce simplement la quête somme toute logique d'un étranger fraîchement débarqué, qui cherche désespérément un point d'ancrage ? Peut-être, mais Bradley ne voulait pas se résoudre à cette hypothèse. Mme Letourneau, avec son pro-américanisme affiché, aurait rempli plus aisément ce rôle. Depuis qu'Aurélie lui avait raconté sa vie dans son appartement parisien, son mariage, ses séjours aux États-Unis et à Cuba, il éprouvait le désir d'en savoir davantage, et ce désir pesait aussi lourd que l'autre – plus charnel – qu'il ressentait pour elle. Aurélie était comme un bon livre de management que l'on ne peut plus poser avant la fin.

En attendant, il se plaisait à passer ses soirées pas trop loin d'elle au bureau, comme s'ils y avaient

191

trouvé un foyer provisoire. Plus que jamais, Bradley se sentait *at home* dans son lieu de travail.

Ils passaient leur temps à discuter, et parfois à se disputer. Bradley lui raconta qu'un jour, il avait gagné une prime de dix mille dollars pour son travail à Healco (sans préciser qu'elle avait finalement été annulée) ; il cherchait à l'impressionner mais se couvrit de ridicule.

« C'est immoral, toucher une telle somme », dit-elle scandalisée.

Bradley pensa qu'elle avait mal compris.

« C'est immoral parce qu'à chaque fois que quelqu'un gagne gros, il empêche un autre de toucher des sous. Ça ne m'étonnerait pas que H&T ait renoncé à engager une personne de plus à cause de la prime qu'ils t'ont attribuée », lança-t-elle. Et elle ne plaisantait pas.

Bradley ne comprenait pas la vision économique d'Aurélie, qui semblait fondée sur la culpabilité. Comment une augmentation attribuée à une personne pouvait-elle priver les autres de leur dû ? Il n'avait jamais rien entendu de pareil. Elle allait à l'encontre de toute la vision du monde des Américains : personne ne devait chercher à monter les échelons ? Ni même essayer de faire mieux que le commun des mortels ?

Il voulait lui répondre de manière sarcastique : est-ce que les Français en dînant ne privaient pas les Africains d'un repas décent ? Réussir un concours n'empêchait-il pas quelqu'un d'autre de l'avoir ? Mais il savait que ça n'aurait servi à rien. Elle était contre les capitalistes, c'est-à-dire contre l'argent.

Elle était un pur produit du jacobinisme industriel : tout ce qui pouvait avantager H&T nuisait obligatoirement à ses employés. Leurs intérêts ne coïncidaient jamais dans le sens des théories de Taylor.

Pourtant Aurélie, qui avait séjourné aux États-Unis aussi longtemps que Tocqueville, aurait dû comprendre : le conflit de classes à la française n'avait rien à voir là-dedans. Honeywell lui-même serait disposé à s'associer avec n'importe quel socialiste, communiste, anarchiste ou avec le diable en personne si cela pouvait lui apporter un gain de douze pour cent sur son chiffre d'affaires. Aurélie n'était pourtant pas une *Amish* : elle consommait du surgelé, regardait la télévision, utilisait un micro-ondes et s'abonnait au signal d'appel pour ne pas rater la moindre communication. Mais pour elle, les patrons et les employés se faisaient face sur un champ de bataille, comme deux armées du XVIIIe au garde-à-vous, prêtes à charger furieusement à coups de baïonnette. Il ne pouvait y avoir de terrain d'entente entre les deux camps, encore moins de trêve. Bradley devait-il considérer Honeywell comme un adversaire social ?

Désemparé par ses réflexions, Bradley téléphona à Munster depuis son bureau, pendant qu'Aurélie travaillait à côté. Il lui fallait un confident.

« Voyons où nous en sommes. Tu l'as vue à poil. Vous vous êtes embrassés sur la bouche, plus d'une fois. Bref, vous sortez ensemble, sauf que cela reste disons… platonique. C'est ça ?

— C'est pas si simple…

« – C'est plus simple que tu ne crois. Tu l'as niquée ou pas ?

– Non, mais comme je t'ai dit… »

Munster n'écoutait pas. Il avait déjà assez d'infos pour rendre son analyse.

« Mon vieux Jonathan, tu sors avec une championne olympique de l'allumage, voilà mon avis. »

Et s'il n'avait pas tort ? Si Aurélie ne cherchait qu'à le manipuler, en cheville avec Jojo et les autres délégués syndicaux ? Et si elle n'était pas vraiment attirée par lui… ? Cette femme le rendait complètement parano !

Bradley avait à peine raccroché qu'Aurélie se présenta dans l'embrasure de la porte.

« Tu veux voir quelque chose ? » lui demanda-t-elle.

Il la suivit jusqu'à son bureau où, juché sur la balance, le dossier avait finalement atteint les cinq kilos réglementaires. Aurélie souleva la pile de papiers, de documents et d'attestations pour la poser délicatement sur l'étagère, qui ployait maintenant sous le poids du dossier. Bradley retourna dans son bureau et s'écroula dans son fauteuil, complètement épuisé.

Aurélie vint le rejoindre. Il voyait sur son visage qu'elle avait une petite idée derrière la tête. Avait-elle entendu sa conversation avec Munster ? Si c'était le cas, elle ne semblait pas fâchée.

Tout d'abord elle éteignit la lampe de bureau, pour que seule la demi-lumière de l'atelier vide se projette sur le plafond. Debout face à lui, elle ne dit mot mais commença à déboutonner son chemisier, un petit sourire complice sur les lèvres. Le chemisier tomba par terre suivi de la jupe, des sous-vêtements…

L'heure était venue. Bradley sentait monter l'émotion, comme un pénitent qui a fait son chemin de Compostelle et qui arrive au bout. Il se mit à genoux devant elle, les bras autour de sa taille. Une tout autre question, très pratique, vint interférer, et il regarda autour de lui.

« Mais où… ?

— Là-bas… » Elle désigna la table de réunion.

Sur la surface froide et dure où naguère se négociait l'avenir de Fabre Frères, Bradley eut la reconnaissance qu'il cherchait depuis des semaines. Il en fut comblé, comme un homme qui apprend simultanément qu'il vient de gagner le gros lot au Loto et que sa belle-mère est morte.

13

Trois jours après sa visite, M. Bernard envoya par fax la liste des nouveaux tarifs à Aurélie. Que ce soit pour les pièces en métal finies ou brutes ou pour le nickel, les prix avaient baissé de quatorze pour cent. Dans la lettre jointe, le représentant de pièces détachées faisait remarquer qu'un changement dans leur grille de vente leur permettait de faire des réductions pour les clients « privilégiés ».

« Autrement dit, il va maintenant facturer ses prestations à Fabre Frères au même prix que pour les autres clients. La "grille de vente" n'a rien à voir là-dedans », fit observer M. Paul.

Bradley partageait cet avis. Brisson et Cie avait probablement fait payer plein pot pendant des années.

L'étape suivante allait se jouer à Paris chez l'agent Viard. Fabre de Beauvais avait signé un contrat exclusif de dix ans, il en restait encore quatre.

« Ses commissions nous ruinent, remarqua Aurélie. Sa société est en contrat d'exclusivité avec plus de cent cinquante autres entreprises, et d'après ce que j'ai entendu dire, il s'en met plein les poches.

La seule fois où il est venu nous rendre visite à Anizy pour voir nos installations, il roulait en Bentley avec chauffeur. Si on arrive à lui faire baisser sa com, on pourra augmenter les salaires de tout le monde. »

Bradley ne réagit pas tout de suite à cette stratégie bassement syndicale.

« On pourrait plutôt essayer d'être rentable et de continuer à faire tourner l'usine, proposa-t-il.

— C'est pas un peu du court terme, ça, non ?

— J'allais dire la même chose de ta proposition.

— Mais la tienne est plus risquée parce que vous ne feriez qu'aider Honeywell à rendre Fabre Frères plus compétitif et il en tirerait un meilleur prix sur le marché.

— Non, c'est la tienne, la plus risquée, répliqua Bradley.

— Non, la tienne ! »

Alors qu'ils étaient côte à côte dans la salle de conférence, la querelle les colla nez à nez et ils finirent par s'embrasser.

Bradley reprit la parole : « De toute façon, il faut négocier avec Viard. On décidera plus tard de ce qu'on fera des bénéfices.

— Bien dit, répondit-elle. En ce qui concerne le vieux Viard, je pense pouvoir être utile. »

Le lendemain, Bradley et Aurélie n'attendirent pas plus de trente secondes dans la salle d'attente somptueuse de Viard et Cie, situé boulevard Haussmann. Un des meilleurs designers avait dû s'occuper de la décoration intérieure, en comparaison, même le siège de H&T paraissait ridiculement sobre, sans parler des bureaux décrépis de Fabre Frères. Pour Bradley, qui à cet instant se sentait comme un paysan sorti de sa province, avec son chapeau à la main, visitant les splendeurs de la belle Byzance, c'était typique de la France post-industrielle : le tertiaire prospérait tandis que les forces vives, comme Fabre Frères, sombraient. Il remarqua aussi la présence de cinq secrétaires tout aussi jolies que des stars de cinéma, mais froides et inatteignables. Il pouvait au moins se féliciter d'avoir Aurélie à ses côtés, qui s'était fait belle pour l'occasion. Elle avait veillé à ce que l'on annonce bien que « monsieur Bradley et madame Aurélie Verdier » attendaient tous les deux qu'on les reçoive et sa tactique avait marché : M. Viard père surgit de son bureau comme un étalon dans les starting-blocks et marcha droit sur Aurélie.

C'était un homme tout petit et trapu, une sorte de Danny De Vito en plus vieux, le pantalon remontant jusqu'à la poitrine. Son front, chauve et luisant, brillait comme une pomme que l'on aurait astiquée. Mais il était très sûr de lui, comme un homme qui sait que son succès en affaires est proportionnel à ses conquêtes féminines. Il ne se contenta pas de serrer la main d'Aurélie, mais laissa ses doigts se balader sur ses avant-bras et sa taille. Bradley estima qu'il serait sûrement allé plus loin s'il n'avait pas été là. Et il constata avec dépit qu'Aurélie n'avait pas l'air de s'en plaindre : elle se complaisait de cette attention, comme si elle prenait sa revanche sur les autres secrétaires.

Les négociations avec l'agent se déroulèrent exactement comme avec M. Bernard, à part le petit regard grivois de Viard vers le fessier d'Aurélie. Encore une fois, Bradley évita les chiffres pour les formules vagues. Quand l'Américain demanda à Viard, utilisant l'expression consacrée, de « faire un effort », l'homme d'affaires répondit en fixant Aurélie droit dans les yeux :

« Je suis tout à fait d'accord pour faire un gros effort ! » Furax, Bradley allait se lever, mais Aurélie intervint immédiatement pour sauver la situation en proposant « une collaboration nouvellement avantageuse » si Viard pouvait consentir un « ajustement » de ses conditions.

« Nous allons voir ça, n'est-ce pas », promit le vieux. Bradley se tut mais même un Américain n'était pas dupe de ce marivaudage codé.

Chez Fabre, les déjeuners formation continuaient, les gars de l'atelier se chargeant à tour de rôle de faire goûter à Bradley la bonne cuisine « authentique », tripes à la mode de Caen et boudins noirs. En général, Bradley se soumettait de bon cœur, parfois il se précipitait affamé au McDo de Roye, et de temps en temps, il y prenait goût, comme avec le pied de porc à la Sainte-Menehould : il avait tout mangé et quêtait un geste d'approbation de Jojo.

« Et les os ? »

Et tous rirent de la naïveté de cet Américain qui pensait s'en tirer en laissant les os sur l'assiette.

Bradley apprit petit à petit à « rebondir », c'est-à-dire à reprendre son poste après un déjeuner de plus de deux heures avec parfois, trois desserts différents — une tarte aux pruneaux et aux amandes, un clafoutis et des poires au vin rouge —, le tout bien arrosé : trois ou quatre vins qui demandaient d'incessants changements de verres. Comme un marathonien qui trouve sa vitesse de croisière, Bradley se surprit à être plus efficace après un bon déjeuner. Il s'enhardissait, tranchait sans trop réfléchir et finissait des tâches en un éclair, qui autrefois lui prenaient un temps fou. Était-ce dû à l'abondance d'alcool ou aux excès de calories ? Il commençait à se détendre et n'imaginait plus une journée au boulot sans un bon gueuleton à midi.

Pour faire plaisir à Aurélie, il se lança aussi dans un programme d'apprentissage de l'actualité française, même si pour un Américain, il était difficile de comprendre un pays aussi riche en formations et courants politiques. Malheureusement, les journalistes avaient l'art d'écrire pour des initiés. Dans un hebdomadaire parisien que M. Jacques lui avait conseillé, il lut par exemple qu'il existait une catégorie qui se faisait payer douze mois pour seulement quatre mois de travail dans l'année (on les appelait intermittents). L'info était présentée aussi crue qu'un sushi, comme si c'était un truc normal qui se passait d'explication. À l'inverse, d'autres articles ne semblaient contenir que des opinions et des analyses, sans l'ombre d'une info.

Il y avait des papiers assez longs sur une guerre opposant deux ministres du gouvernement, qui occultaient le combat traditionnel entre majorité et opposition. Une petite formation de gauche vivait une guerre interne pour des raisons tout à fait obscures, un des rebelles accusait un chef de « pouvoir autoritaire ». Au bout d'une heure de lecture, Bradley tira les conclusions suivantes : les hommes politiques de droite détestaient ceux de gauche presque autant que d'autres membres de la droite, il en était de même pour la gauche, et tout le monde maudissait les juges.

Ses lectures confortèrent Bradley dans l'idée que les Français attendaient tout de leur État – mais alors tout. Un quotidien parisien alla jusqu'à publier une série d'articles pour faire l'inventaire des desiderata :

– une assistante maternelle de soixante ans : « Je cherche un logement social, pourquoi on ne me propose rien ? »

– un étudiant : « Comment comptez-vous améliorer les conditions de logement des étudiants ? »

– une élève de BEP secrétariat : « Pourquoi personne ne m'a aidée à choisir mon orientation ? »

Le gouvernement était fermement sommé par les électeurs d'améliorer la ponctualité des trains de banlieue, de fluidifier la circulation automobile, d'empêcher les fermetures d'usines, de réglementer les indemnités des grands patrons, d'augmenter significativement le Smic, de préserver la diversité des petits commerces de quartier, de diminuer le temps d'attente aux guichets.

Bradley reprit son souffle. Il comprit mieux l'initiative d'Aurélie : elle aussi voulait des miettes de cette manne. Mais il avait la nostalgie de la politique américaine, de son côté binaire et de son culte des valeurs simples comme l'individualisme.

L'après-midi suivant, Aurélie reçut un coup de fil.

« Oui, c'est moi… Ah oui, bonjour, comment allez-vous ?… Allez, je suis certaine que vous dites cela à tout le monde… Non, ne dites pas cela… Monsieur Viard, si vous saviez, je rougis… »

Elle ponctuait ses phrases de gloussements, c'était un vrai flirt du siècle dernier ; Bradley se demanda comment Viard pouvait se laisser prendre.

Au bout d'un quart d'heure, il entendit Aurélie raccrocher et pousser un immense cri de triomphe. M. Paul se rua dans son bureau pour entendre les nouvelles.

« Ça y est !! Ça y est !! » Elle fit venir Jojo aussi.

Le vieux Viard avait accepté leur proposition : il signerait un nouveau contrat avec Fabre Frères, à la place du précédent. Les trois échangèrent des accolades, et M. Paul alla chercher une bouteille.

« Mais attendez, ce n'est pas tout ! ajouta Aurélie. Il semblerait qu'il y ait une nouvelle commande en vue, mais vraiment grosse, celle-là, pour un distributeur anglais… des mélangeurs style rétro…

— Rétro ? On n'a pas fait de ça depuis… dit M. Paul sans finir sa phrase.

— J'aurai tous les détails ce soir.

— Comment ça, ce soir ? demanda Bradley.

— Ben, oui. Je sors avec Viard ce soir, dîner. Il me dira tout. »

Bradley trouva cette façon de faire des affaires totalement malhonnête, pour ne pas dire immorale. Mais il ne pouvait rien dire, sa relation avec Aurélie n'était pas du domaine public, du moins le pensait-il. M. Paul et Jojo n'y voyaient aucun mal.

De toute façon, Aurélie n'avait demandé l'avis de personne. Elle quitta tôt le travail pour rentrer chez elle se changer. Le cœur lourd, Bradley regarda sa voiture quitter la cour.

Le lendemain matin, elle arriva avec un gros paquet de documents – les détails de la commande pour un client anglais, Potter Plumbing. Elle embrassa Bradley sur la joue quand ils furent seuls dans le bureau, mais ne dit rien de sa soirée avec Viard père. Bradley examina le contrat. Fabre Frères pouvait gagner beaucoup d'argent, en acceptant la clause de livraison à court terme. En revanche tout retard était sanctionné. La pénalité devait être déposée sur un compte bloqué.

« Si on n'y arrive pas, c'est *nous* qui devrons payer, nota-t-il.

– Mais si on arrive à tout livrer, Fabre Frères ne sera plus dans le rouge », trancha Aurélie.

Elle avait raison. La commande anglaise, en plus des nouveaux contrats avantageux avec Brisson et Viard, pourrait les faire passer dans la colonne « profits ». C'est ce que Bradley souhaitait. Il pourrait annoncer un retournement de situation et rendre Honeywell satisfait, voire heureux.

Mais le seul fait de penser à la soirée d'Aurélie l'énervait. Il essayait de se concentrer sur la stratégie de Fabre Frères, mais n'y arrivait pas – ce sentiment nouveau de démotivation le troubla.

Il découvrit qu'il n'était pas le seul à ne pas y croire : M. Paul et Jojo n'étaient pas jouasses non plus.

« Ça va demander un gros effort de la part de tout le monde, surtout des outilleurs », dit M. Paul. Jojo et lui se penchèrent, dubitatifs, sur le cahier des charges étalé sur la table de conférence.

« Excusez-moi les mecs, mais c'est tout de même un peu dommage de dire maintenant qu'on ne peut pas. Quand je pense que je me suis tapé un dîner avec le père Viard…

– On ne peut pas les faire, ces mélangeurs. Je suis désolé, mais c'est comme ça et pas autrement, coupa Jojo. Il faut refuser cette proposition. »

Pendant un instant, les quatre restèrent muets. Leur silence en disait long sur le dilemme de Fabre Frères. Cette boîte, personne n'y croyait plus vraiment, mais il était encore trop tôt pour renoncer. Quelqu'un devait trancher. Et ce quelqu'un, ce ne pouvait être que Bradley, il le savait.

« Quel est le problème, exactement ? » demanda Bradley à M. Paul qui se lança dans une explication de quinze minutes sur les défis techniques que devrait résoudre le personnel de l'atelier afin de tout faire à temps.

« Regardez, je n'ai jamais vu cela : ils veulent tout. Du chromé, chromé/or, et blanc/or, du vieux cuivre, sans parler du vieux bronze, et tout ça en mélangeur d'évier, de lave-mains, de bidet, de bain/douche, bec haut, et j'en passe. C'est un sacré boulot ! Jojo a raison. Si on nous demandait de faire un seul modèle, cela pourrait aller, mais changer de moules, et de bains d'électrolyse, pour faire tant de modèles dans un temps aussi limité, ça je ne sais pas… »

Bradley s'assit à son bureau pendant que les autres prenaient place silencieusement autour de la table de réunion. Il regarda une nouvelle fois les chiffres. Quelqu'un devait absolument prendre une décision : si le délai de livraison n'était pas respecté, la clause de pénalité prévue dans le contrat creuserait un trou encore plus profond dans les comptes de Fabre Frères, et la tête de Bradley serait sur l'échafaud. C'était à lui de décider. Qui d'autre pouvait le faire ? Ils avaient besoin d'un chef, même s'ils ne voulaient pas l'admettre. Bradley pensa à Taylor, à la prospérité partagée employés/employeur. Il prit sa décision et se sentit délivré d'un poids immense.

« Je vous annonce une réunion spéciale avec toute l'équipe de Fabre Frères à l'atelier, dit-il à tout le personnel stupéfait. Dans une heure exactement, pas plus. Je veux que tout le monde y soit. Et Jojo, je ne veux pas vous entendre parler de préavis, de syndicats et de toutes ces bêtises. C'est un cas d'urgence. Aurélie, je veux que vous appeliez tous ceux qui sont malades aujourd'hui, ou qui ont pris des congés. Combien y en a-t-il ?

— Une vingtaine environ, dit-elle, comme d'habitude, ils sont malades, ou en RTT.

— D'accord. Téléphonez et dites-leur d'être là, sur béquilles s'il le faut. Cette réunion décidera de leur avenir à Fabre Frères. Jojo, s'il vous plaît, faites passer le message aux gens de l'atelier, et assurez-vous qu'ils comprennent de quoi il s'agit. Vous pourrez donner votre avis sur l'aspect technique, parler à l'assemblée, mais je veux que tout le monde y soit, sinon…

— Sinon quoi ? demanda Jojo, sans provocation.

— Sinon je prends le prochain avion pour Dallas, et vous pouvez être sûrs que Fabre Frères fermera boutique dans les trois mois. C'est à vous de choisir. »

Même Bradley fut surpris du ton martial de sa voix. Il se sentit mieux, comme un cycliste qui aperçoit enfin la ligne d'arrivée des Champs-Élysées, ou un sumo qui repousse son adversaire hors du cercle limite. De l'action. Ils en avaient tous besoin maintenant. Il n'y avait que ça qui pouvait sauver Fabre Frères de la léthargie des décennies passées. Il y avait déjà eu beaucoup de discussions, une de plus ne servirait à rien. Il fallait se mettre au travail.

Mais il ne pouvait pas les forcer à obéir : il devait les convaincre, et ensuite, seuls les ouvriers décideraient. Sans leur approbation, rien ne pourrait se faire.

Les trois autres filèrent organiser la réunion, laissant Bradley préparer le discours de sa vie.

« C'est bien toi qui voulait qu'on se dévoue pour Fabre Frères. Tu as vu un peu comme je me donne à fond ? dit Aurélie en sortant. Arrête de te faire de la bile, il ne s'est rien passé, en tout cas presque rien. »

Presque rien ?

Il se plongea dans les papiers, les détails juridiques, le contrat, et se prépara pour la bataille.

La totalité des employés, ou presque, se présentèrent pour la réunion d'urgence, y compris six en RTT et tous les malades sauf un.

« Il y a un *vrai* malade parmi les congés maladie : il a quarante de fièvre », informa Aurélie.

Bradley se campa en haut de l'escalier qui menait de son bureau à l'atelier. Les employés se groupèrent au pied des marches.

Il commença par leur expliquer l'enjeu : sans la commande anglaise, il serait bientôt obligé de rédiger un rapport négatif pour Dallas.

« Encore du chantage, toujours du chantage ! » cria Marie-Claire, du service des expéditions.

Merde ! Bradley comprit qu'il avait encore commis la faute d'entrer trop vite, bêtement, à l'anglo-saxonne, dans le vif du sujet. Il fallait les prendre par les sentiments. Il se lança dans un discours-fleuve où il évoqua le rôle de l'usine dans la vie de ses employés, dans la communauté, et dans le monde international de la plomberie – Jojo bayait aux corneilles. Il leur dessina un brillant avenir où les robinets picards iraient à la conquête du monde ! Même les Asiatiques enverraient des stagiaires à Anizy pour apprendre les finesses du métier. Fabre Frères deviendrait le Vuitton, le Hermès, le Ladurée, *la* référence internationale – Jojo regardait sa montre. Puis la cerise sur le gâteau : le projet de musée de la robinetterie, encore à l'étude, mais qui ferait venir à Anizy un public de touristes, étrangers et français.

« Et pourquoi pas Disney pendant que vous y êtes ! » La pique venait du côté des outilleurs, et tout le monde rit. Jaune, dans le cas de Bradley.

« Il va recommencer avec son Taylor ! Qui veut parier ? » cria quelqu'un.

Bradley joua le mépris — il apprenait à maîtriser la rhétorique française, c'est-à-dire parler sans se laisser couper la parole, comme il l'avait observé tant de fois lors des débats à la télévision.

Il fallait peut-être inspirer ces salariés autrement, donner un sens à leur mission, à leur travail en équipe. Bradley évoqua la satisfaction qu'ils éprouveraient tous de relever ce défi ensemble, de s'entraider comme autrefois chez Fabre Frères. Puisant dans ses connaissances littéraires, il chercha à élever son discours en citant les paroles du roi Henry V, qu'apprend par cœur tout écolier anglo-saxon.

« Nous, cette poignée, cette heureuse poignée d'hommes, cette bande fraternelle… »

Il s'arrêta net.

Une rumeur montait de la salle : les salariés, l'air énervé, chuchotaient furieusement entre eux. Deux ou trois firent un geste de protestation. Bradley se rendit compte de sa bévue : il était en train d'évoquer une pièce de Shakespeare à la gloire des arbalétriers anglais à Azincourt, dont les victimes furent toutes françaises ! Et lui, l'Américain avec ses gros sabots…

Face à cet océan de regards hostiles, Bradley n'en menait pas large. Son regard croisa M. Paul, dont le visage exprimait à la fois la douleur et le dégoût, comme quand on tombe sur un chat écrasé sur la chaussée.

Il jugea le moment opportun pour virer à gauche, à la manière de M. Paul. Tout en restant très théorique, en évitant de citer des chiffres, il parla d'une façon aussi lyrique (prétentieuse, aurait dit un auditeur américain) que possible pour dire aux employés : « C'est *votre* choix. »

« Les mencheviks devaient eux aussi choisir, et après avoir refusé pendant longtemps la révolution d'Octobre, ils finirent par l'accepter. Ces groupes d'avant-garde savaient ce que vous, les salariés de Fabre Frères, comprenez depuis fort longtemps, que le management participatif dont parlait Marx est à la portée de chaque ouvrier qui crée de la valeur ajoutée. Nous sommes tous ici devant une nécessité historique, pour utiliser les termes de ce philosophe... »

Il continua dans ce style pendant une bonne dizaine de minutes, tandis que les employés observaient un silence médusé. Cela fonctionnait-il ? Bradley ne comprenait rien à ce qu'il disait, le principal était de les faire réfléchir pour qu'ils ne prennent pas une décision hâtive et erronée. Il termina en disant qu'il fallait refuser le matérialisme historique décrit par Marx – une référence de plus et la CIA lui confisquait son passeport.

Personne ne pipait mot, l'assistance restait indécrottablement sceptique.

« Qu'est-ce qu'on en a à foutre, nous, de vos frères Marx ? » Ça venait encore du côté des outilleurs, l'assemblée fut prise d'un fou rire.

Encore raté ! Bradley laissa passer quelques instants avant de reprendre, mais le cœur n'y était plus. Sa stratégie marxiste tombée dans le ridicule, il détailla la proposition de Potter Plumbing.

« Pas possible, déclara Jojo. Les cadences ne le permettent pas… je suis désolé. »

Le syndicaliste ajouta : « D'ailleurs, expliquez-moi pourquoi on se casserait la tête pour enrichir le patronat, de l'autre côté de l'Atlantique par-dessus le marché ! C'est pas du boulot, ça. »

Jojo fut généreusement applaudi.

« À moins de nous payer des heures sup… », lâcha Jojo.

Nouvelle salve d'applaudissements.

Impossible, se dit Bradley. Si les délais n'étaient pas tenus, il faudrait payer la pénalité plus les heures supplémentaires. Trop risqué, trop ruineux. Pas juste, se dit Bradley, c'est moi qui risque tout, mais ce sont eux les frileux.

« Mais nous travaillons déjà, tous les jours. Que voulez-vous de plus ? » lança un salarié du fond de la salle.

Le personnel de Fabre Frères ne faisait absolument pas de différence entre « travailler » et « travailler dur ». Pour eux, pointer tous les jours représentait déjà un gros effort. En tout cas, tout travail leur semblait pénible. Comment motiver ces Français, si méfiants et si sceptiques ? Le coup de la prospérité mutuelle de Taylor ne marcherait pas.

Gardiner, le gourou du management, n'avait pas de public en dehors des États-Unis. Et Bradley avait déjà fourni un maximum de Marx.

Comme dernier recours, il lança l'idée d'une incitation financière : il leur promit, au lieu des heures supplémentaires, une prime par tête sur soixante-dix pour cent des bénéfices potentiels du contrat Potter. Il cita une estimation, presque cinq mille euros par personne.

« C'est combien en briques, ça ? » demanda Jojo.

Aurélie traduit.

« C'est pas mal en effet, dit le syndicaliste. Mais pourquoi pas cent pour cent, par exemple ? » Encore des applaudissements.

Cent pour cent ! Bradley crut devenir fou.

Soudain, on entendit un grand claquement de porte en bas, à l'autre bout de l'atelier, et le silence se fit. Quelqu'un avait ouvert la grande double porte métallique fermée depuis des lustres. La lumière qui entrait faisait un contre-jour, Bradley distinguait mal la silhouette qui se profilait.

En bas, les employés se retournèrent, protégeant leurs yeux avec un bras, comme feraient des terriens confrontés à la brillante lumière d'une soucoupe volante qui se pose dans leur rue.

Qui était-ce ?

Et puis, Bradley le vit : Quentin.

Il fit une entrée spectaculaire dans l'atelier, à la manière d'un marabout. Bradley reconnut le Quentin d'antan, celui de la photo noir et blanc.

La vision était féerique : encadré dans l'embrasure de la porte, avec sa salopette bleue de jeune OS

211

exemplaire et quelques outils à la main, Quentin ressemblait à l'ouvrier mythique et héroïque des affiches de propagande soviétique, à un détail près : sur sa tête, une casquette des *New York Yankees.*

Les autres ne le reconnurent pas tout de suite : il s'était fait couper la barbe et les cheveux – ça le rajeunissait de dix ans.

Soudain, quelqu'un depuis le fond de l'atelier s'écria : « Mais, c'est Quentin ! »

« Quentin ! Quentin ! » Ils accouraient de partout pour l'acclamer.

« *Wonder man !!* s'écria un autre. Ça fait plus de dix ans ! »

Quentin leva un bras pour remercier les collègues et se fendit d'un large sourire rassurant. Bradley n'en croyait pas ses yeux : cet homme, naguère laissé pour compte, avait maintenant fière allure, c'était un bel homme. La lumière dorée de fin de journée miroitait sur les canines de Quentin, comme dans un film de cinéma muet. Croisant le regard de l'Américain, il lui fit un clin d'œil.

« Je suis venu pour bosser, à vos côtés », lança-t-il comme s'il ne faisait que regagner son lieu de travail après un bref congé.

« Si on bosse tous ensemble, on peut y arriver. C'est pas le moment de douter de nous. Si la direction nous traite bien, sur un pied d'égalité, il faut dire oui. C'est mon avis. »

« On est avec toi, Quentin ! » lança quelqu'un dans la salle. Jojo leva le poing en l'air et cria à son tour : « Égalité et travail ! On y va, tout de suite ! »

Encore une volée d'applaudissements et tout le monde reprit son poste de travail. L'homme providentiel à la machine de polissage. Quentin, tel Napoléon venu pacifier la France, avait fait fondre les hésitations comme beurre au soleil.

Bradley, qu'Aurélie et M. Paul avaient rejoint, regardait la scène avec satisfaction. L'Américain remarqua même une petite larme d'émotion sur la joue d'Aurélie. Dans la salle en bas, l'atelier grouillait d'activité. Comme au bon vieux temps se dit Bradley : il se flattait de penser que peut-être il n'était pas tout à fait étranger à ce retour qui tombait à pic.

14

Au grand soulagement de Bradley, Quentin prouva qu'il n'avait rien perdu de son talent naturel de leader durant ses années d'isolement. Il était polyvalent, comme un vrai chef d'orchestre, il savait encore faire fonctionner la plupart des machines de l'usine, des outils à polir aux bains d'électrolyse. Il se familiarisait si vite avec les machines que Bradley le suspecta de s'être introduit nuitamment dans l'usine pour ne pas perdre la main. Quentin travaillait maintenant partout où l'on avait besoin de lui, allant de poste en poste, ralliant les troupes.

Depuis la grande assemblée de la veille, l'ambiance à l'atelier de Fabre Frères était électrique. Bradley le sentait même de son bureau qui avait vue sur l'atelier. On pouvait presque lire le sens du devoir sur le visage des ouvriers. En une nuit, le taux d'absentéisme chuta, comme si un remède miracle venait d'être trouvé pour les rhumes, maux d'estomac et rhumatismes, qui avaient servi de prétextes aussi faciles que fréquents aux journées de repos. D'autres annulèrent à la hâte leur RTT. Les machines qui fonctionnaient au ralenti depuis des années ronronnaient. Gérard, flanqué de son assistant, ajustait, réparait, ressoudait.

Au début, Bradley craignait des frictions entre Quentin et Jojo, qui, habitué à occuper la place de leader, se trouvait soudain relégué au deuxième rang. Les revendications n'étaient pas le sujet du moment, on verrait ça plus tard. Finir à l'heure était dorénavant la mission de tous, et c'était la spécialité de Quentin. C'était une guerre industrielle, et Quentin en était le général.

Un général diplomate : il discutait ostensiblement avec Jojo des problèmes de production et des solutions à trouver.

Il s'affichait aussi avec le représentant du patronat.

« J'ai écouté votre discours, c'était pile ce qu'il nous fallait. Vous comprenez mieux les Français que vous ne le pensez », dit Quentin.

C'était un compliment disproportionné compte tenu de la catastrophe finale. Néanmoins Bradley ne put s'empêcher de ressentir un peu de fierté. Il voulait poser des centaines de questions à Quentin sur son retour à Fabre Frères, comment il l'avait préparé, etc., mais il préféra attendre un moment plus propice pour discuter.

« Mais tout ce que j'ai dit n'aurait pas pu les convaincre, répondit Bradley. Il a fallu votre arrivée. Si vous n'aviez pas fait votre entrée juste à ce moment-là, on serait encore en train de s'énerver sur des détails, plutôt que de travailler. En plus, c'est vous qui m'avez aidé à trouver ce qu'ils avaient besoin d'entendre. » Bradley se souvint d'un matin, il n'y a pas si longtemps, où Quentin lui avait donné un cours sur les peurs des Français, et comment les apaiser.

« Tout ça ne compte plus maintenant, répondit Quentin. On a du boulot ! »

Depuis que chez Fabre Frères on travaillait d'arrache-pied sur la commande anglaise, la ville d'Anizy semblait battre au rythme de cette nouvelle jeunesse, comme si l'usine et la municipalité faisaient partie du même organisme. Le samedi matin, Bradley s'aventura en ville, et sa balade eut une tout autre saveur que les précédentes.

Les résidents rivalisaient de politesse. Quand Bradley pénétra dans le centre-ville, le même gendarme venu naguère l'arrêter lui indiqua maintenant une place de stationnement libre. À presque chaque coin de rue, on le saluait, un monsieur avait même tiré son chapeau. Des ménagères souriantes lui firent un petit bonjour de la main depuis leurs fenêtres, là même où on lui avait claqué les volets au nez le premier jour. Voitures et motos freinaient pour le laisser traverser la rue. M. Jacques, souriant et respectueux, lui proposa un nouveau magazine de tricot. « C'est offert, M. Bradley, j'insiste ! » Au café du coin, on lui paya un verre, et au Petit Casino, la caissière réprimanda sévèrement un resquilleur qui osait passer devant lui.

À l'atelier, la présence de Quentin donnait du courage à Bradley. Plein d'optimisme, il put enfin rédiger, en deux heures seulement, son rapport pour Honeywell. Il l'avait mis de côté alors que

216

Dallas attendait depuis un certain temps. À l'attention du grand patron, il étala les succès de l'usine : réduction des coûts d'approvisionnement grâce aux conditions favorables de Brisson et Cie, perspective de subventions importantes de la Région et de l'État, nouveau contrat avec Viard et baisse non négligeable de ses commissions dans l'avenir, et enfin commande de Potter Plumbing et collaboration fructueuse à venir avec ce détaillant anglais. Bradley n'oublia pas de faire référence aux énormes frais d'un éventuel plan social, qu'il avait pu éviter avec sa politique volontariste.

« En dépit des conditions les plus difficiles, d'une conjoncture carrément défavorable et de circonstances de reprise tout à fait désavantageuses, j'ai l'honneur de vous annoncer un redressement prochain de Fabre Frères », précisa-t-il. Pour finir, il fit part à Honeywell de sa projection quant aux bénéfices pour l'exercice à venir : quinze pour cent sur le chiffre d'affaires, de quoi réjouir le capitaliste.

Bradley signa le rapport et le confia à Federal Express pour un envoi immédiat à Dallas. Il avait délibérément omis de parler de la clause de pénalité et du désastre économique qui attendait Fabre Frères si jamais ils n'arrivaient pas à livrer la commande anglaise à temps. Le cas échéant, son univers s'écroulerait, et Fabre Frères avec. Il jouait gros.

Un autre souci se profilait à l'horizon, renvoyant presque aux oubliettes les problèmes de délais de Potter Plumbing. Ce souci, c'était Aurélie. Depuis que l'usine était en mode urgence, Bradley et elle ne se parlaient plus ou presque. Il aurait très bien compris si elle était venue lui dire qu'elle était débordée comme tout le monde. Mais elle lui avait dit cette phrase sibylline et en général de mauvais augure : « J'ai besoin d'un peu de temps. »

Du temps, elle en trouvait pourtant à consacrer à Quentin. Elle ne manquait aucune occasion de lui coller aux basques et Bradley commençait à croire qu'elle avait un faible pour lui. Un soir, elle quitta l'usine en annonçant qu'elle avait des choses à faire. Par la fenêtre, Bradley la vit se jeter au cou de Quentin et partir avec lui, bras dessus bras dessous.

Il faut dire que le Quentin « nouveau », d'au moins vingt ans l'aîné d'Aurélie, était encore bien conservé pour son âge. Bradley n'ignorait pas que certaines femmes se cherchaient des pères de substitution. Quentin avait les traits nobles, un beau menton, les yeux bleus, une chevelure épaisse et ondulée et la carrure de Clint Eastwood.

Non seulement Aurélie ne parlait pas trop de ses rapports avec Quentin, mais elle continuait à couvrir Jonathan de signes de tendresse, et devant tout le monde. Leur liaison n'était plus un secret pour personne. C'était affreux. Au fur et à mesure que les jours passaient, Bradley était de plus en plus perplexe. Il avait déjà été surpris de sa réticence sexuelle initiale, mais maintenant il ne comprenait pas pourquoi elle le laissait sur la corde raide alors qu'elle se liait avec un autre. Bradley tirait sa seule consolation dans la discrétion dont faisaient preuve les autres employés de Fabre Frères. Personne ne l'embêtait au sujet d'Aurélie, personne ne faisait allusion à sa situation déshonorante, personne ne prononçait même le mot de « largué ». Mais il s'attendait à chaque instant à ce que quelqu'un vienne le voir et lui parle franchement : « Vous êtes cocu. » Il redoutait ce moment, comme ces femmes en temps de guerre qui craignent l'arrivée du télégramme funeste.

C'est à ce moment précis, alors qu'il avait besoin d'être rassuré, qu'il était inquiet sur le sort de la commande anglaise et qu'Aurélie lui filait entre les pattes, que les Auvergnats arrêtèrent de faire l'amour.

L'abstinence au deuxième étage résonnait bien plus fort que leurs ébats passés – Bradley en eut des insomnies. Leurs jeux nocturnes faisaient partie de sa routine, au même titre que son petit déjeuner ou son dîner. Allongé dans son lit à une heure du matin avec son exemplaire du *Côté de Guermantes* bien ouvert (il s'était frayé un passage jusqu'à la page 243, un travail bien plus difficile que la traversée de la jungle amazonienne), il attendait, attendait, attendait. Mais rien ne venait plus.

Ils n'étaient pas partis en vacances. Occasionnellement, il entendait un bruit de pas, mais c'est tout. Non seulement il ne fermait plus l'œil de la nuit, mais en plus cette abstinence lui donnait des angoisses métaphysiques : si quelque chose n'allait pas chez les amoureux du deuxième étage, quel espoir restait-il pour les autres ? Ce passage à vide était mauvais signe pour lui et Aurélie. Pour s'endormir, même Proust ne suffisait plus ; il dut avoir recours à un somnifère plus puissant : le code du travail.

En rentrant du travail un soir, il aborda délicatement le sujet avec M. Clemenceau.

« Vous ne saviez pas ? La fille est partie ! Elle l'a quitté, comme ça. Le monsieur est seul chez lui. Hier, je l'ai entrevu dans la rue, mais je ne l'ai presque pas reconnu, je suis tellement habitué à les voir ensemble. Il faisait triste à voir, je vous dis pas. »

Bradley en pleura.

Plutôt que de monter chez lui, il alla directement au café des Sportifs. Il consomma son habituelle omelette aux pommes de terre, avec une bouteille de sauvignon, suivie d'une deuxième puis d'une longue série de cognacs, grâce à laquelle il eut une révélation : le serveur du café des Sportifs n'employait jamais de verbes.

« Comment arrivez-vous à vous exprimer sans verbes ? » lui demanda-t-il en tenant ferme le zinc pour éviter de tomber. Le café s'était vidé, le cuisinier africain parti travailler comme videur dans une boîte à Amiens.

« Avec des étrangers comme vous, pas difficile. »

Bradley quitta précautionneusement le café, qui ferma aussitôt ses portes. Seul dans la nuit, il eut beaucoup de difficultés à tenir debout mais trouva la force de pester contre Aurélie.

« *Dumped !* » cria-t-il en anglais. « On m'a largué ! » Pas de réponse, les rues étaient vides.

Fou de rage et de désespoir, Bradley flanqua des coups de pied à sa voiture, puis se défoula sur quelques poubelles bien remplies.

Une voiture s'approcha et pila à sa hauteur, juste devant la benne éventrée. La fenêtre côté conducteur s'ouvrit.

« Jonathan ! Qu'est-ce tu fais ici, mon chou ? » C'était Nadine Letourneau.

Il commença par lui réciter deux ou trois vers d'un poème de Whitman dont il se souvenait, prononça quelques phrases décousues, sans se soucier des formes grammaticales, sur la perfidie des femmes, pour ensuite lui demander si elle connaissait le Groenland, et s'ils pouvaient par hasard trouver un vol direct depuis Anizy.

« Monte », répondit-elle, en désignant la place du mort. Elle avait suffisamment navigué pour reconnaître un homme qui a besoin d'affection. « Je t'emmène. »

Ainsi, dans le palais de velours et de dorures qu'était la maison Letourneau, Bradley se consola de ses tourments amoureux.

L'usine tournait même le samedi pour boucler à temps la commande anglaise ; Bradley songea à annuler la rentrée sportive, un match contre les fonctionnaires de la sous-préfecture à Montdidier. Mais Jojo l'en dissuada.

« Les gars ont besoin d'un peu de défoulement. À mon avis, on joue comme prévu dimanche à quinze heures. Une belle victoire pourrait nous ragaillardir. Nous sommes plusieurs à nous entraîner de temps à autre, on prend ça au sérieux, vous savez. »

Il faisait beau le jour du match, et Bradley constata avec satisfaction que des centaines d'Aniziens étaient venus en spectateurs, y compris un photographe du *Républicain picard*. Fiers dans leurs nouveaux uniformes (sponsorisés en partie par la maison de la presse d'Anizy), les membres de l'équipe Fabre Frères posèrent pour la photo officielle.

Bradley espérait la victoire que Jojo avait prédite, pour remonter le moral des troupes. Les fonctionnaires, habillés en bleu cocorico, n'intimidaient guère : visages blêmes, nez couperosés, ventres débordant des culottes, et jambes rachitiques – ils avaient cinquante ans bien tassés en moyenne. Face à la fonction publique chenue, Fabre Frères alignait Jojo, qui courait comme un lapin, Quentin en attaquant redoutable, un trio de fondeurs gaillards, et Gérard aux buts.

Avant le début du match, les fonctionnaires protestèrent contre le bonnet de Jojo, mais l'arbitre décida, vu le niveau de jeu de part et d'autre, qu'il pourrait jouer couvert. Très vite, les adversaires marquèrent, une puis deux fois. Le reste du match ne fut qu'un calvaire. Bradley, à l'arrière gauche, joua sans talent. Dans son lycée, le football était réservé, comme les études de français, aux mauviettes, les vrais mecs préférant le foot américain.

Vers la fin de la première mi-temps, Bradley reçut en plein plexus solaire – et même un peu plus bas – un ballon que Jojo avait repris d'une transversale. Il agonisa à terre pendant deux bonnes minutes.

Quentin marqua deux fois à lui tout seul, mais la sous-préfecture remporta la victoire sept à deux.

« Erreurs d'arbitrage, résuma Jojo. Sans quoi, on aurait sûrement gagné. »

De retour à l'atelier le lundi matin, ça bossait dur. Le tandem Quentin-Jojo marchait à la perfection. Le premier donnait l'exemple : il pointait aux aurores pour douze heures d'affilée. Quant à Jojo, il usa de son autorité syndicale pour résoudre des problèmes de toutes sortes, délais de livraison, querelles entre tourneurs et outilleurs, ou blocages au niveau de l'électrolyse. Même le service des expéditions accélérait les cadences, professionnelles.

Bradley, Aurélie et M. Paul descendaient régulièrement à l'atelier pour donner un coup de main. L'Américain se porta volontaire pour acheminer les pièces entre les différents postes de travail et dut se rendre à l'évidence : en licenciant une partie du personnel, il y a six ans, la direction avait porté atteinte à la bonne marche de l'entreprise, en tout cas quand elle tournait à plein régime.

Mais pour Bradley, ce travail manuel exténuant qui vous laissait le dos en compote, avait une certaine utilité, celle de lui faire oublier ponctuellement Aurélie, qui travaillait non loin de là. À une autre époque, il serait parti faire le tour du monde ou entré en religion, pour ne plus penser à elle. Mais puisqu'il la voyait tous les jours, il fallait être fort, ne pas se poser trop de questions comme l'aurait fait un Américain lambda, et se plonger dans le travail. Ce qu'il fit.

Il avait presque envie de se mettre en contact avec l'Auvergnat pour lui proposer un stage d'oubli à trimer dans l'atelier. Car Bradley entendait toujours la nuit le pas solitaire du dépité qui divaguait comme une âme perdue.

Mais l'échéance Potter Plumbing approchait à vive allure. Les deux premières livraisons étaient déjà effectuées, mais il restait encore deux camions à charger, et peu de temps. Bradley, ainsi que tous les autres, commença à scruter anxieusement le calendrier. Il fallait encore augmenter les cadences : il ne restait plus que quatre jours.

« Comment va-t-on faire ? demanda Jojo. Il n'y a plus personne en congé maladie, personne en vacances ou en RTT. Nous sommes au grand complet, du jamais vu.

— Faut faire mieux, c'est tout », dit Quentin. La détermination dessinait des fossettes sur son visage, un peu comme chez Aurélie.

Mais le lendemain matin, Jojo arriva au travail en piteux état, le front brûlant, tenant à peine sur ses pieds. Il avait passé la nuit à vomir.

« C'est un empoisonnement, le fromage d'hier soir… j'en suis sûr, expliqua-t-il, les yeux roulant comme des billes.

— Un maroilles ? demanda Bradley, inquiet de la santé de son délégué syndical.

— Non, c'est ce putain de stilton, un de ces fromages anglais pourris. Ma femme a voulu changer

224

un peu… Mon organisme ne supporte pas ces co-
chonneries d'outre-Manche…

— Tu ne peux pas bosser comme ça, il va t'arriver
un truc, lui dit Quentin. Bradley acquiesça.

— Rentrez chez vous, Jojo. Revenez demain. »

Bradley scruta les traits du délégué et crut y déceler de l'opiniâtreté. Pour être syndicaliste, il faut
puiser sa force dans le conflit, sans lequel l'union
des travailleurs n'a pas de sens. Mais où trouvait, un
homme comme Jojo, la détermination d'aller de
l'avant dans un tout autre contexte ? Était-ce simplement la prime à laquelle Bradley avait fait référence juste avant l'entrée en scène de Quentin ? Ou
l'apparition de Quentin qui avait motivé les salariés ? Ou encore les deux mêlées, le retour du
naufragé servant de prétexte à accepter une prime
du patron ? Il avait quand même du mal à croire
que l'appât du gain dynamisait Jojo à ce point. L'opposition entre patron et salariés avait ses limites : les
employés avaient pu accepter la commande Potter
du moment qu'elle profitait à tous. Taylor avait-il
raison en fin de compte ? Ou était-ce Quentin qui
avait bien orchestré sa rentrée ?

En dépit de son malaise, Jojo insista pour travailler, et prit place comme d'habitude sans mot
dire.

Bradley le couvait de l'œil autant que possible.
Jojo avait enlevé le bonnet de son crâne brûlant de
fièvre, un geste qui fit sensation pendant quelques
minutes : les autres le pointaient du doigt comme
s'il était devenu un site touristique à lui tout seul.
Malgré sa souffrance il tenait bon et maintenait les

cadences. Plus tard dans la journée, Bradley le vit avec un thermomètre dans la bouche.

Le dernier jour arriva. Les femmes vinrent apporter des vivres, comme lors du jour de grève. Il n'y aurait pas de pause déjeuner classique aujourd'hui décréta Jojo, qui ordonna aux épouses d'aller donner un coup de main aux amants du service des expéditions.

« On mangera si on a le temps, dit-il aux autres. Il faut que les deux derniers camions partent ce soir ! »

La présence des membres des familles à l'usine rappela à l'Américain l'ambiance de fête qui avait régné le jour de la grève, malgré le conflit social (ou peut-être grâce, en fait). On comprend beaucoup mieux un peuple dans les circonstances exceptionnelles, et les Français en particulier.

Mais le moment n'était plus à la réflexion. Si les deux camions chargés n'arrivaient pas demain avant midi, heure anglaise, dans les entrepôts de Potter Plumbing, c'était foutu. Il fallait qu'ils partent tôt ce soir pour rouler toute la nuit et prendre le ferry. Chaque minute comptait.

Le travail se poursuivait sans relâche, dans une odeur de merguez et saucisses. Le rythme devint frénétique, Bradley et M. Paul, chacun tirant son chariot, se heurtèrent violemment, fesses contre fesses. L'ingénieur fit la grimace, ni l'un ni l'autre ne s'excusa.

Bradley ne put que constater qu'Aurélie assistait exclusivement Quentin. Ils semblaient bien ensemble ces deux-là, en dépit de la différence d'âge, pensa-t-il avec un pincement de cœur.

Sur le coup de dix-huit heures — l'heure habituelle de sortie de l'usine — tout le monde s'arrêta et hésita un instant. Les camions n'étaient pas encore chargés. Les regards se tournèrent vers Bradley, qui se tourna vers Jojo. Le silence se fit, on entendait les respirations fatiguées.

Jojo réfléchit un court instant, puis il escalada une pile de caisses pour arriver jusqu'à l'horloge fixée sur le mur sous le bureau de Bradley. D'un doigt, il fit reculer les aiguilles à dix-sept heures.

« Nous sommes à l'heure anglaise ! » lança-t-il.

Dans l'atelier, le travail était fini, il ne restait plus que le chargement des camions. Sous la direction de Marie-Claire, qui refusait de céder sa place, Quentin et Jojo improvisèrent une équipe pour finir les emballages et le chargement.

Une cinquantaine de minutes plus tard, les camions partirent.

Sans tarder, on déboucha le champagne et une petite fête suivit. Les employés, épuisés mais soulagés, se félicitaient. On mit de la musique rock, certains dansèrent. Personne ne semblait vouloir s'en aller, le moment était trop délicieux.

Quant à Bradley, il reçut lui aussi des compliments de part et d'autre. Une longue file se forma devant lui dans le même petit espace de l'atelier où il avait été confronté pour la première fois à Jojo et aux autres délégués. Maintenant, les ouvriers, pour la plupart accompagnés de leur femme, venaient lui serrer la main. Et inévitablement les petites vannes fusaient pour conjurer les craintes.

« Et si jamais les camionneurs se trompent de chemin et ratent le ferry ? dit Gérard.

— C'est pas les gars du pays qui vont rater le ferry, mais une fois de l'autre côté, s'ils oublient de rouler à gauche ? dit Marie-Claire. Tous rirent.

— Pas de souci, répondit Jojo. Ce sont des syndicalistes français, ils savent rouler à gauche ! » Encore des rires.

Bradley savait que Jojo avait pris soin d'informer les collègues syndicalistes à Calais de laisser passer les deux camions en priorité.

La satisfaction que l'Américain ressentait était nouvelle – et donc étrange. Avant, il mesurait le succès aux colonnes comptables, aux charges salariales en baisse, au chiffre d'affaires en augmentation, au rendement. Devant son écran d'ordinateur, il avait l'habitude de prendre son plaisir professionnel en technicien solitaire. Mais cette fois, l'exubérance des salariés, qui avaient créé un produit fini de leurs mains et de leurs machines, donnait une autre dimension. Jamais Munster et les autres à H&T ne pourraient imaginer la sensation. Bradley regardait ses mains, écorchées à force de manœuvrer le chariot, il avait mal au coccyx là où il s'était pris M. Paul de plein fouet, mais il se sentait fier de ses petits bobos.

« Bravo, patron ! » lui dit quelqu'un.

C'était Aurélie, qui s'était approchée. Les autres employés, groupés autour de Bradley, s'éloignèrent pour rejoindre la fête, qui allait bon train.

Bradley sourit, content de la voir de près. Il voulait lui dire que ça allait maintenant… lui faire un petit discours élégant, celui du bon perdant, qu'il avait tourné dans sa tête depuis un moment. Mais elle reprit la parole la première.

« Tu as été vraiment chic de me laisser un peu de temps, tu sais. Un jour, je saurai t'en remercier.

– Me remercier de quoi ? »

Elle l'embrassa sur les lèvres, devant tout le monde. Étonné, Bradley remarqua que les autres faisaient mine de les ignorer.

« Le temps, pour que je renoue avec papa. Ça compte dans ma vie, ce que tu as fait. Maintenant, ça va beaucoup mieux, tu sais…

– Ton père… ? Bradley commençait à comprendre, mais quoi au juste ? Tout cela évoluait bien trop vite.

– Attends, tu ne savais pas ? Dis-moi que c'est pas vrai ! »

Bradley reconnut ce même ton sidéré qu'elle avait employé le jour de « Michel » Proust, multiplié par dix.

« Mais tout le monde est au courant, mon nom de jeune fille, c'est Quentin… »

Dans ce pays, on n'expliquait rien, on improvisait tout, il fallait tout deviner, pensa Bradley, pris de vertige.

À cet instant, il entendit une voix depuis les fenêtres de son bureau, en haut. Une voix qu'il ne connaissait que trop bien. Trop tard pour qu'il intervienne, Nadine Letourneau entama la descente de l'escalier devant l'atelier au grand complet et ahuri.

Elle était habillée d'un pantalon collant en simili-peau de guépard.

« Jonathan ! On m'a dit que tu étais ici. Je te cherche partout ! Tu as oublié pour ce soir ? Coquin ! »

15

Bradley reçut un coup de fil de Dallas :
Mlle Perez.

« Bonjour, monsieur Bradley ! Comment allez-
vous ? Nous sommes tous si fiers de vous ! Je vous
passe monsieur Honeywell qui voudrait vous
dire un mot... À bientôt, monsieur Bradley, à *très*
bientôt. »

Le grand patron semblait en forme, lui aussi.

« Bradley, fiston, je ne trouve pas les mots. Vous
avez fait un boulot remarquable, vraiment remarquable. Sachez que de mon côté, j'ai bien travaillé
aussi. J'arrive dans deux ou trois jours avec
Mlle Perez pour vous féliciter personnellement.

— Vous venez ici, M. Honeywell ? À Anizy ? bal-
butia Bradley.

— On descend à Paris à l'hôtel Crillon, et on vous
rejoindra en voiture. Bravo, fiston, bravo ! »

Bradley rappliqua immédiatement dans le bureau d'Aurélie pour lui raconter.

« Il vient ici, à Anizy ? Pas possible ! Pourquoi
viendrait-il ici ? Bradley adorait la voir plonger dans

le doute, elle qui d'habitude maîtrisait toutes les situations.

— Je n'en sais rien, mais je suis sûr qu'il a quelque chose à me dire, à nous dire à tous… ou alors il en profite pour se taper un petit week-end à Paris avec Mlle Perez. Ils éclatèrent de rire et Aurélie lui fit un baiser sur l'oreille, comme elle en avait l'habitude.

— En tout cas, il ne va pas fermer la boîte maintenant, vu tout ce qu'on a fait avec Potter, et puis avec la Région qui va nous aider… »

Elle faisait allusion à une communication le matin même de Me Lombardi qui avait pris contact avec un élu haut placé de la région picarde : le dossier avait été favorablement accueilli, et surtout la proposition de créer à Anizy le premier musée au monde dédié à la robinetterie. Dans les mois à venir, Fabre Frères se verrait inscrit à l'Inventaire du patrimoine industriel, aides à l'appui.

Mais Bradley ne savait plus trop quoi penser des intentions d'un grand patron comme Honeywell. Pourquoi venait-il en personne à Anizy ? Bradley avait fortement réduit ses communications avec Dallas et Munster depuis quelque temps. Signe qu'Aurélie, Jojo et M. Paul avaient réussi à le changer. Depuis quelque temps, il ne voyait plus les choses à la façon d'un maître de l'univers, en *cost-killer* prêt à sacrifier hommes et femmes pour augmenter les bénéfices de H&T. Il cherchait maintenant à sauver des emplois, il pensait français, mâtiné d'un chouia de Taylor.

Était-il atteint de ce que les Américains considéraient comme la plus mortelle des maladies : *going native* ? L'Étasunien qui part à l'étranger et oublie les valeurs intrinsèques de son pays pour adopter un autre style de vie, une autre manière de voir. Dispersés aux quatre coins du monde, on trouvait des expatriés *made in USA* égarés, devenus l'ombre d'eux-mêmes, vivant sans le confort de la vie outre-Atlantique, sans la plomberie fiable, sans les magasins ouverts sept jours sur sept et vingt-quatre heures sur vingt-quatre, sans les soldes permanents, obligés de s'exprimer dans le dialecte local, tels l'allemand ou le japonais, et ayant abandonné toute intention de rentrer un jour. C'était eux, les victimes du *going native*, maladie incurable. Bradley commençait à s'inquiéter pour son identité d'Américain.

Mais une autre crainte le saisit après le coup de téléphone de Honeywell : serait-il rappelé à Dallas, une fois son travail de redressement de Fabre Frères achevé ? Quelle autre nouvelle pouvait bien valoir la visite du chef de H&T ?

Le soir, dans la petite maison en brique bordée d'un ruisseau, il parlait avec Aurélie et Quentin de cette visite à venir et de beaucoup d'autres sujets. Les deux amants dînaient désormais souvent avec Quentin, et Bradley se réjouissait de voir le père et la fille réunis après une brouille épique dont il n'avait compris goutte.

Il ignorait l'exact enchaînement des événements passés – le décès de l'épouse et mère, le départ d'Aurélie, l'aliénation de Quentin, suivie de sa dépression nerveuse, le retour d'Aurélie à Anizy. Les Français n'aimaient pas trop raconter, surtout les

233

affaires qui leur tiennent à cœur. Il fallait faire tout un travail d'approche assez long, d'apprivoisement, pour espérer tout apprendre, ou en tout cas tout deviner.

Cette manie hexagonale de ne pas tout dire, car Bradley percevait les choses ainsi, avait pourtant travaillé en sa faveur l'autre soir à l'atelier. L'entrée en scène de Nadine, qui avait descendu l'escalier comme une danseuse en strass au Casino de Paris, aurait pu chiffonner Aurélie. Mais les choses se passèrent plutôt à la française, c'est-à-dire avec le tact et la discrétion dont ils semblaient détenir le brevet. L'agent immobilier, voyant Bradley et Aurélie main dans la main, se réorienta rapidement sur Quentin, qui fut plutôt content de compter une admiratrice encore jeune. Mme Letourneau se souvenait de Quentin et s'était mise à lui parler comme si sa décennie de vagabondage n'avait jamais existé, posant quelques questions très professionnelles sur sa maison et la superficie du jardin.

Quant à Aurélie, si elle se posait des questions sur l'arrivée inopinée d'une rivale, elle n'en montra rien pour ne pas gâcher la fête. Elle se contentait d'une réflexion ironique de temps en temps sur « ton agent immobilière », sans demander de précisions. Bradley estima que ces quelques marques de dérision n'étaient pas trop cher payées. Il prit lui aussi le temps de réfléchir à ce qui s'était passé entre eux : elle n'avait jamais été vraiment distante comme il l'avait cru, mais sa volonté de changer le monde prévalait sur son désir et, du coup, sur Bradley. Elle avait ses priorités, qui ne changeraient pas. En tout cas, elle n'était pas du genre à brûler les étapes, c'est pour cela sans doute qu'elle l'avait fait attendre.

Ce soir-là chez Quentin, c'était Aurélie qui était aux fourneaux. Elle s'absenta un moment dans la cuisine. Quentin se tourna alors vers Bradley pour lui glisser quelques mots sur le ton de la confidence :

« Ce n'est pas un oiseau qu'on met en cage, ma fille. Tu es au courant ?

— Oui, j'ai compris.

— Et en plus elle n'arrêtera pas d'essayer de te transformer en…

— Gauchiste ? proposa Bradley.

— Ou en humaniste, écolo, radical, etc. Elle est chiante comme tout, et bornée, comme sa mère.

— Je suis au courant », opina Bradley, qui essayait de prendre la mesure de la tâche qui l'attendait. En attendant, il se posait une question : avait-elle demandé à son père de le « prévenir » ?

Quentin semblait soulagé.

« Dans ce cas… J'ai un bon petit marc qu'on m'a offert. T'en veux ? »

Bradley avait peur d'être muté : il ne voulait pas quitter Anizy, pas pour l'instant en tout cas. Il commençait à s'intégrer, son français s'affinait, il prenait même plaisir à suivre le feuilleton de la politique française et se piquait au jeu : le courant souverainiste dans le PS, quel destin ? Les partis trotskistes pourraient-ils évincer le PCF et assener la revanche ultime de Léon sur Vladimir Illitch ?

Quid des antieuropéens au cœur de la droite gaulliste ? Il avait encore beaucoup à apprendre.

Il venait de finir la lecture du *Côté des Guermantes*. Il ne s'était pour ainsi dire rien passé, mais il avait le cafard quand arriva la dernière page. Il avait trouvé sa place dans ces salons parisiens, où l'occupation principale était de se juger les uns les autres. Bradley avait une préférence pour Saint-Loup, le plus sympathique parmi tous ces décadents, même si parfois il pouvait se montrer mufle. Quant à l'auteur, il faisait preuve d'une patience exagérée avec les Guermantes. Même le style de Proust, naguère impénétrable, était de la BD comparé au code du travail.

Bradley se promit de lire aussi quelque chose sur l'affaire Dreyfus, pour comprendre les passions françaises. M. Jacques pourrait certainement lui trouver un livre.

Lire et écouter les Français : voilà son programme. Mais il aurait besoin de temps. Il comprenait maintenant que la pauvreté du vocabulaire enseigné par Miss Bennett n'arrivait pas à rendre compte des richesses et des subtilités du patrimoine culturel national.

Au-delà des mots, Bradley commençait à y voir plus clair. Il avait remarqué que, ici, Dieu n'était pas dans les détails comme pour les Anglo-Saxons. Les Français se passionnaient pour les grands principes, l'être suprême était ce pacte social qui les tenait tous et les distinguait du reste de la planète. C'était comme une profession de foi aveugle dans une religion sans Église, tels les chevaliers du *Jedi*

236

qui fermaient les yeux en se fiant à la Force. Pour Bradley, ce modèle social était rien moins que le côté obscur de la Force, autant dire la face cachée de la lune – les Français étaient bel et bien une exception culturelle.

À Anizy, les vraies leçons pour Bradley venaient quand il s'y attendait le moins.

Au bureau, par exemple, M. Paul aborda le sujet Quentin comme pour se confesser, avec le ton grave de celui qui révèle un passé alcoolique.

« Pendant un long moment, les gens d'ici appelaient Quentin *Wonder Man*. Ça vous dit quelque chose ? Non, bien sûr que non. Il y a toute une histoire là-dessous. Durant Mai 68, les ouvriers de l'usine de piles Wonder, je pense que c'était à Saint-Ouen, ont arrêté le travail. Ils voulaient une augmentation de salaire de cinq pour cent et de meilleures conditions de travail. Mais quand 68 a pris fin, leur position devenait intenable. Finalement, leur patron les a récompensés d'une maigre augmentation de un pour cent en échange de la reprise du travail. Mais l'un a refusé, disant que la dignité humaine était plus importante, et qu'il préférait mourir de faim plutôt que de renoncer. La presse l'a surnommé *Wonder Man*. Eh bien, la même chose est arrivée, à une plus petite échelle bien sûr, ici à Anizy. Les employés de Fabre Frères se sont mis en grève pour demander une augmentation de trois pour cent. Fabre de Beauvais leur a accordé finalement un pour cent, comme à l'usine Wonder, ils ont cédé et sont retournés au travail. Sauf Quentin. »

Bradley était stupéfait. Cette histoire lui donnait des clefs pour comprendre Fabre Frères, Quentin, et les autres. Et notamment le coup de pouce de sept pour cent d'Aurélie, digne fille de son père.

« Pourquoi personne ne me l'a dit avant ?

— J'espère que vous m'excuserez, monsieur Bradley. Avec les années qui passent, je suppose qu'on a tous pensé qu'il valait mieux laisser Quentin à sa vie. Vous savez, on nous apprend dès le berceau à refréner notre curiosité. Mais vous, un étranger, vous êtes allé remuer tout ça, et tant mieux pour tout le monde. Nous sommes un pays de secrets, et Anizy est l'une des villes les plus taiseuses de France. »

Bradley n'était pas fâché. Même un Américain pouvait comprendre que la vérité devait se *mériter*. En France, on ne partage pas avec un nouveau venu de lourds secrets de famille, ceux qui sont enfermés dans les sous-sols comme le bon vin, il faut une certaine familiarité, de la confiance. Bradley était fier comme un coq que M. Paul lui explique la véritable histoire de Quentin, de cette fierté que l'on ressent quand on passe avec succès un rite initiatique et que l'on est accepté dans la famille.

Peut-être M. Paul avait-il ressenti la même chose, car les deux furent gênés et ils évitèrent de se regarder directement dans les yeux le reste de la journée.

Bradley crut déceler d'autres signes laissant entrevoir une possible vie harmonieuse à Anizy. En rentrant chez lui très tard ce soir-là, il coupa par le centre-ville et aperçut un jeune couple, assis sur son banc favori dans le petit parc, en face de l'église. Une fraction de seconde, il crut que c'étaient les amants du deuxième étage, réconciliés, mais non... pour eux c'était fichu. En tout cas, cela n'avait aucune importance – dans la nuit tous les couples amoureux sont anonymes. Bradley remarqua que la jupe de la jeune femme était retroussée jusqu'aux cuisses. Elle était à califourchon sur les genoux de son partenaire et enserrait sa taille. Leurs bouches ne formaient plus qu'un hermétique sceau. Peut-être étaient-ils en train de s'offrir l'un à l'autre, dans ce petit jardin, en plein cœur d'Anizy. Ce n'était pas leur lubricité qui surprenait Bradley mais le côté authentique du tableau qu'il avait sous les yeux : les arbres bruissaient sous la brise légère ; là, dans le petit jardin public où les enfants jouaient le jour, couvés du regard par leur mère. Cette révolution quotidienne lui plut : l'amour familial le jour, passionnel la nuit.

Invité à dîner chez Jojo, Bradley eut droit à la flamiche au maroilles de Mme Delaneau.

« Vous avez de la chance, remarqua Jojo. C'est un plat qu'elle ne fait pas souvent, même pour moi !

– C'est vrai, dit son épouse qui avait gardé son tablier et passait plus de temps dans la cuisine qu'à table. Mais je pense que c'est plutôt mon mari qui compte vous faire une surprise après le dîner, et elle n'est pas accordée à tout le monde. Même moi, je dois le supplier pour pouvoir y passer l'aspirateur deux fois par an ! »

Bradley ne comprit pas l'allusion mais après le repas, Jojo, l'air solennel, lui demanda s'il voulait bien visiter sa « collection ». Il suivit le délégué dans un couloir qui menait à une porte blindée, le genre qui protège les bijouteries. Jojo l'ouvrit avec deux clés.

En entrant, Bradley eut l'impression de changer de siècle, ce qui n'était pas loin de la vérité. La pièce était entièrement remplie de souvenirs et d'objets de la guerre de Sécession : des fanions, une demi-douzaine de pistolets, des flasques en étain, des daguerréotypes d'officiers et de soldats, des dizaines de boutons d'uniforme à l'effigie d'un aigle, un autographe du général sudiste Beauregard, une lettre personnelle du ministre de la Marine du Nord, Gideon Welles, à sa femme, la couverture de *Harper's Weekly* avec une lithographie de Lincoln s'adressant à la foule du balcon d'Essex House. Et même un uniforme d'officier d'époque, affreusement mité, le tout soigneusement encadré et sous verre.

« Si vous voulez bien vous familiariser avec la collection un instant, je reviens tout de suite », dit Jojo, et il disparut en fermant la porte blindée derrière lui.

Après une dizaine de minutes, il revint, habillé de la tête aux pieds en fantassin du Sud, copie conforme de l'uniforme gris et bleu que chaque Américain sait reconnaître. Dans les mains, une carabine qui, elle, semblait d'époque.

« Qu'est-ce vous en pensez ? L'uniforme n'est pas vrai bien sûr mais rigoureusement fidèle, même les bottes. Je l'ai acquis sur eBay. J'ai eu des emmerdes avec les douanes qui croyaient à un truc néo-nazi, tellement ils sont crétins ! »

Dans l'intimité de cette pièce, Jojo adopta une pose militaire pour Bradley, qui flageolait d'émotion – combien d'Américains avaient le privilège de connaître un syndicaliste communiste français déguisé en soldat de l'armée sudiste du général Lee ? Avant le départ de Bradley, Jojo et sa femme lui expliquèrent leur intention d'utiliser la prime Potter Plumbing pour effectuer enfin une tournée aux États-Unis.

« Pour voir des champs de bataille, Gettysburg, Shiloh, Bull Run, Antietam et deux ou trois autres », précisa Jojo.

« New York aussi, j'espère », ajouta Mme Delaneau.

Le *big boss* texan, accompagné de Mlle Perez, arriva en limousine noire, vitres teintées, précédé de deux gardes du corps roulant en 4 × 4. Honeywell semblait de très bonne humeur, mais il s'assombrit comme l'avait fait Bradley en découvrant la vétusté des lieux.

« On va bientôt repeindre, précisa Bradley, même si cette idée lui était sortie de la tête depuis longtemps.

– Ne vous en faites pas, fiston, je suis un homme de terrain et je sais parfaitement que ça ne peut pas toujours être comme chez nous à Dallas.

– Moi, je trouve l'usine… ajouta Mlle Perez, cherchant le mot.

– … pittoresque ! compléta Honeywell.

241

– Voilà, c'est ça ! » dit-elle.

Tout le personnel reçut Honeywell avec égards, Aurélie avait, comme d'habitude dans ce genre d'occasion, troqué sa tenue habituelle contre une robe de printemps. Elle s'abstint même de fumer, et de prendre la parole, sauf pour proposer du café (et non de l'alcool, constata Bradley). Tous acceptèrent, y compris les gorilles.

À l'atelier, les deux gardes du corps et Mlle Perez suscitèrent presque plus de curiosité que Honeywell. (« C'est qui, la gonzesse ? » demanda Jojo discrètement à Quentin.) Bradley fut soulagé de voir que Jojo et les autres délégués se retinrent, comme Aurélie avec les cigarettes, d'exposer leurs revendications ou de faire un tour d'horizon de la politique de Washington. Bradley omit d'inclure dans la visite un arrêt au service des expéditions, au cas où les choses auraient repris comme avant.

La visite de Honeywell chez Fabre Frères ne dura pas bien longtemps. Le *boss* ne posa presque pas de questions sur le fonctionnement de l'atelier. Mlle Perez sembla s'intéresser uniquement à la question de savoir s'il existait des toilettes séparées pour les deux sexes. Même le petit « musée » dans le bureau de Bradley, sur le passé de l'usine, n'eut droit qu'à un rapide coup d'œil. Bradley fut déçu. Étrangement, Honeywell lui semblait moins imposant, maintenant qu'il le revoyait pour la première fois depuis un certain temps. En dehors de son bureau à Dallas, la stature du grand patron n'intimidait plus, sa voix ne faisait plus trembler et même les traits de son visage semblaient accuser un coup de vieux. Il avait une certaine carrure, certes, mais pas le charisme de lion que Bradley lui prêtait autrefois.

C'était peut-être le décalage horaire.

« Les robinets sont tous à peu près pareils, fiston, commenta Honeywell en regardant brièvement les photos du *Normandie* et des palaces équipés jadis par Fabre Frères. Le tout, c'est de les fabriquer sans y laisser sa bourse. »

L'expression crue de l'entrepreneur choqua Bradley qui désormais ne pouvait plus considérer les robinets comme des produits quelconques, sans en juger les qualités techniques, la facilité d'usage, la provenance, la composition et le coût probable de fabrication, en matériel et main-d'œuvre. Sans illusion, il excusa l'attitude de son patron : un capitaliste ne s'apitoyait pas sur chaque ouvrier, tout comme un médecin ne pouvait pas somatiser les souffrances de ses patients sans risque pour sa propre santé.

Bradley les accompagna dans la limousine pour aller déjeuner à Roye. Une fois en route, Honeywell commença par dire à Bradley tout le bien qu'il pensait de lui.

« Eh bien, Bradley, je dois dire que je suis très satisfait de votre performance ici en France. C'est bon pour vous, fiston, c'est bon pour vous !

– C'est vrai ça, Jonathan, certains collègues pensaient que vous étiez trop inexpérimenté pour cette mission mais vous leur avez prouvé le contraire, ajouta Mlle Perez. C'était bien la première fois

243

qu'elle s'adressait à lui en l'appelant par son prénom.

— Mais moi, je ne suis pas du tout surpris. Et je suis au courant de toutes les difficultés que vous avez eues ici…

— Au courant de…

— Oui, tout à fait, rajouta M. Honeywell. Au courant des syndicats, du code du travail, du piètre état des finances de l'entreprise, et de toutes les emmerdes que peut rencontrer un manager américain en dehors de ses frontières.

— Mais vous saviez avant d'acheter à Fabre de Beauvais ?

— Je savais qu'il ne fallait pas prendre au pied de la lettre les estimations des consultants et des experts. Les Européens ne sont pas des gens sérieux, si vous voyez ce que je veux dire. »

Bradley ne dit rien. Il écouta attentivement le discours émaillé de préjugés américains. Honeywell, ce n'était pas une découverte, était un pur produit du Nouveau Monde : pour lui, la Vieille Europe c'était quelques babioles de luxe, la mode, la cuisine et les paysages touristiques pittoresques – encore ce mot – semés de châteaux et, outre-Rhin, de *Schlösser*.

« En achetant Fabre Frères, j'ai fait un pari très calculé, fiston. C'est mon métier tout de même !

— Mais comment pouviez-vous juger de la valeur de Fabre Frères puisque vous n'aviez pas d'estimation fiable à votre disposition, comme vous l'avez dit vous-même. J'ai dû passer de longues heures à éplucher les comptes avant de comprendre… »

Mlle Perez sourit légèrement, comme si son rôle principal était de faire saisir au commun des mortels l'envergure du grand homme qui avait bâti H&T à la sueur de son front.

« Non, Juanita, notre Bradley a raison de poser la question, et je vais lui répondre. Eh bien, jeune homme, c'est vrai que j'ai pris un risque en reprenant cette boîte, et à dire vrai, je ne l'aurais pas fait sans un facteur important dans l'équation… *My ace in the hole*, comme on dit au poker. Et ce facteur, c'était vous ! »

Bradley était bouche bée.

« Si j'ai fait fortune dans la vie – et je suis parti de rien – c'est parce que je sais juger les hommes… Et les femmes, aussi », ajouta-t-il pour le compte de Mlle Perez, qui accepta le compliment avec un hochement de la tête.

« Je ne m'y connais pas trop en comptabilité, tout ça me fait royalement chier ! Et je n'ai même pas une tête à chiffres. Mais mon savoir-faire c'est de dénicher des gens comme vous qui peuvent le faire à ma place. J'ai donc acheté Fabre Frères en pariant que vous seriez à la hauteur. »

Ils étaient arrivés au restaurant et prirent une table pour trois, les deux gardes se mirent à une table voisine.

« J'ai parié que vous seriez capable de vous démerder et pas n'importe comment – ce que vous avez fait. C'est votre manière "douce" qui a réussi dans le cas de Fabre Frères, un coupeur de têtes à gogo n'aurait pas eu le même résultat avec ces *Frenchies*, syndiqués à mort. J'ai trouvé le bon cheval en vous choisissant, Bradley ! Faut me féliciter, c'est mon talent. » Le vin était arrivé, et Honeywell leva son verre.

« En effet, M. Honeywell, dit Bradley, mais il reste encore beaucoup à faire pour que Fabre Frères devienne vraiment rentable… »

Honeywell fit un geste de la main lui intimant de se taire. L'homme d'affaires se tassa sur sa chaise, signe que le boulot était fini.

« Juanita, tu peux lui annoncer la bonne nouvelle, à notre Bradley.

– Jonathan, notre travail est bel et bien fini en Picardie, pour vous et pour nous. À partir de la semaine prochaine, Fabre Frères n'appartient plus à H&T, mais à un conglomérat industriel allemand, basé à Düsseldorf. L'option de vente a déjà été signée, on attend le contrat final, dit-elle.

– Grâce à votre travail, fiston, j'ai vendu l'entreprise à des Allemands ! Nous réalisons une belle petite plus-value : quatre millions deux de dollars », ajouta Honeywell.

Bradley resta coi pendant quelques instants, oubliant de lever son verre. Déboussolé, il prit la nouvelle comme une catastrophe, signe de plus qu'il avait perdu ses repères et oublié la *doxa* du jeune loup. Mais il se reprit en voyant Honeywell et Mlle Perez trinquer gaiement. Bien sûr qu'ils étaient contents : H&T vivait du rachat et de la revente de sociétés. Fabre Frères avait été achetée et maintenant elle était revendue. Il ne fallait pas demander à un crocodile de faire autre chose que de mordre. Lui seul avait oublié la règle du jeu.

Il félicita Honeywell.

« C'est grâce à votre rapport qu'on a pu trouver un repreneur, lui répondit le patron. Et je ne vous oublierai pas par la suite. Mais venons-en à vous, Bradley. C'est l'autre but de cette visite.

— Moi ?

— En ce moment, je fais un autre pari : que vous n'accepterez plus de rentrer à Dallas. J'espère que je me trompe, mais je ne crois pas. Je vous observe depuis longtemps, jeune homme, et je constate que vous n'êtes pas vraiment des nôtres.

— Mais, je…

— Laissez-moi aller jusqu'au bout, fiston, et après on vous écoutera. Je disais donc que vous manquez de la cruauté qu'il faut pour survivre dans cette jungle. Regardez les faits : vous avez eu du mal à licencier chez Healco, et encore plus chez Fabre Frères. Vous êtes loyal à un type comme Munster, même s'il n'est plus une valeur montante. (À ce propos, je suis tout à fait au courant de ses petites siestes et de ses départs anticipés, ne me sous-estimez pas.) La loyauté, la compassion sont des valeurs admirables, fiston, mais pas toujours utiles dans le métier que vous exercez. Tôt ou tard, vous allez vous avouer à vous-même ce que vous ressentez depuis longtemps : vous êtes un cœur tendre ! Bien sûr, si vous rentrez à Dallas dans les jours qui viennent, ce sera avec tous les honneurs, un bureau au vingtième étage, une prime et une augmentation. Je sais récompenser l'effort de mes cadres. Mais si jamais vous décidez de quitter l'entreprise, je vous donnerai un coup de pouce. »

Bradley, qui s'était depuis quelque temps adapté aux circonlocutions et non-dits des Français, serra la main de Honeywell sans trop savoir ce qui lui arrivait. Il vécut le torrent de franc-parler du Texan comme une tempête en mer. Sans parler du contenu analytique du discours du grand patron.

Comme toute réponse, il promit de réfléchir. Sur ce, ils se concentrèrent sur leurs assiettes.

Le dernier jour de Bradley à Fabre Frères, il faisait beau, mais on sentait dans l'air une petite brise fraîche, qui signalait le changement de saison. L'automne était là ou presque et l'hiver picard viendrait sans trop tarder. L'Américain s'assura qu'il avait bien rangé toutes ses affaires, y compris le dernier dossier difficile – celui des primes Potter Plumbing pour le personnel.

Puisque les primes avaient été promises par écrit après la signature de l'option de vente, les nouveaux propriétaires allemands refusèrent purement et simplement de les payer. Mais Bradley se débrouilla pour mettre ça sur le compte des heures supplémentaires, au vif soulagement de nombre de salariés qui s'étaient déjà offert mobylettes, meubles de cuisine ou voyage outre-Atlantique.

Il reçut le nouveau directeur allemand avec Aurélie et M. Paul : un grand chauve sobre qui s'appelait *Herr* Thiesinger et s'habillait comme un banquier suisse. Après le café servi par Aurélie, on lui fit faire la visite de l'atelier, exacte réplique de celle de Bradley il y a quelques mois : même nonchalance côté machines et même activité frénétique côté service des expéditions. Bradley n'était plus le même, le personnel si. Il prit un certain plaisir à constater cette pérennité chez Fabre Frères – pourvu que ça dure.

À l'atelier, on invita Bradley à un pot de départ. Tout le monde était présent, Bradley était ravi. Il regarda pour la dernière fois toutes ces machines, maintenant silencieuses, dont il connaissait l'emplacement par cœur.

Le matin même, il avait rédigé sa lettre de démission pour l'envoyer à Dallas. Grâce aux indemnités de départ accordées par Honeywell, il avait un peu de temps pour voir venir et réfléchir à la possibilité de rester ici ou de s'installer ailleurs en France, pourquoi pas ?

« Alors ? demanda Jojo, un peu inquiet pour l'ancien patron. Qu'est-ce que vous allez faire maintenant ? »

Bradley siffla d'un trait la flûte de mousseux et échangea un regard complice avec Aurélie et Quentin.

Et pour la première fois de sa vie, il sut répondre.

« On verra bien. C'est un détail. »

DU MÊME AUTEUR

Aux Éditions Michalon

SACRÉS FRANÇAIS ! UN AMÉRICAIN NOUS RE-
GARDE, 2003 (Folio Documents nº 17).

SACRÉS AMÉRICAINS ! NOUS, LES YANKEES,
ON EST COMME ÇA, 2004 (Folio Documents nº 28).

SACRÉS FRANÇAIS, LE ROMAN ! UN AMÉRI-
CAIN EN PICARDIE, 2006 (repris sous le titre UN AMÉ-
RICAIN EN PICARDIE, SACRÉS FRANÇAIS, LE
ROMAN ! en Folio nº 4632).

SACRÉS FONCTIONNAIRES ! UN AMÉRICAIN
FACE À NOTRE BUREAUCRATIE, 2006 (à paraître en
Folio Documents).

Composition Facompo
Impression Maury
à Malesherbes le 17 octobre 2007
Dépôt légal : octobre 2007

Numéro d'imprimeur : 132722

ISBN 978-2-07-033762-0 / Imprimé en France.